曼 丽

庐隐 著

泰山出版社·济南·

图书在版编目（CIP）数据

曼丽 / 庐隐著. -- 济南：泰山出版社，2024.10.
（中国近现代名家短篇小说精选）. -- ISBN 978-7-5519-0898-6

Ⅰ．I246.7

中国国家版本馆CIP数据核字第2024H1C882号

MANLI
曼丽

责任编辑　程　强
装帧设计　路渊源

出版发行　泰山出版社
　　　社　　址　济南市泺源大街2号　邮编　250014
　　　电　　话　综·合　部（0531）82023579　82022566
　　　　　　　　出版业务部（0531）82025510　82020455
　　　网　　址　www.tscbs.com
　　　电子信箱　tscbs@sohu.com
印　　刷　山东通达印刷有限公司
成品尺寸　140 mm×210 mm　32开
印　　张　6.125
字　　数　132千字
版　　次　2024年11月第1版
印　　次　2024年11月第1次印刷
标准书号　ISBN 978-7-5519-0898-6
定　　价　32.00元

凡 例

一、本书收录了作者的经典短篇小说,主要展现了作者的思想情感、审美取向与价值观念,以及当时的时代风貌等。

二、将作品改为简体横排,以适应当代的阅读习惯。原文存在标点不明、段落不分等不便于阅读之处,编者酌情予以调整。

三、作品尽量依照原作,以保持原作风格及其时代韵味,同时根据需要,对原文进行了适当的删减和订正。

四、对有些当时惯用的文字,如"的""地""得""作""做""哪""那""化钱""记帐"等,仍多遵照旧用。

目 录

西窗风雨　001

血泊中的英雄　006

憔悴梨花风雨后　013

风欺雪虐　022

曼　丽　029

房　东　047

秋风秋雨愁煞人　060

玫瑰的刺　067

时代的牺牲者　118

一　幕　136

乞　丐　144

曼丽

前　途　*149*
亡　命　*159*
恋　史　*169*
狂风里　*178*
破　灭　*185*

西窗风雨

  天边酝酿着玄色的雨云，仿佛幽灵似的阴冥；林丛同时激扬着瑟瑟的西风，怔坐于窗下的我，心身忽觉紧张，灵焰似乎电流般的一闪。一年来蛰伏于烦忧中的灵魂恢宏了元气，才知觉我还不曾整个毁灭，灵焰仍然悄悄的煎逼着呢。——它使我厌弃人群，同时又使我感到孤寂；它使我冷漠一切，同时又使我对于一切的不幸热血沸腾。啊！天机是怎样的不可测度！它不时改换它的方面，它有时使杲杲的烈日，激起我的兴奋，"希望"和蜿蜒的蛇般交缠着我的烦忧久渍的心，正如同含有毒质的讥讽，我全个的灵魂此时不免战栗，有时它又故示冷淡，使凄凄的风雨来毁灭我的灵焰。这虽是恶作剧，但我已觉得是无穷的恩惠，在这冷漠之下至少可抑止我的心波奔扬！

  正是一阵风，一阵雨，不住敲打着西窗，无论它是怎样含有音乐的意味，而我只有默默的诅咒似的祈祷，恳求直截了当的毁灭一切吧！忽然夹杂于这发发弗弗的风雨声中，一个邮差送进一封信来，正是故乡的消息。哎！残余生命的河中，久已失却鼓舞的气力了，然而看完这一封信，不由自主的红上眼圈，不禁颠覆的念着"寿儿一呕而亡"！

正是一个残春的黄昏里，我从学校回家，一进门就看见一个枯瘦如柴的乡下孩子，穿着一身鸠结龌龊的蓝布衣裳，头光秃秃的不见一根头发，伏在一张矮凳上睡着了。后来才知道是新从乡下买来的小丫头，我正站着对这个倒运的小生命出神，福儿跑来告诉我说："她已经六岁，然而只有这一点点高，脖颈还没邻家三岁的孩子肥大呢。那一双只有骨架的手和脚，更看不得。"我说："她不定怎样受饥冻呢，不然谁肯把自己的骨肉这样糟践……你看这样困倦足见精神太差了，为什么不喊她到房里去睡？……""哦！太太说她满身都长着虱子，等洗了澡才许她到屋子里，她不知怎样就坐在这里睡着了。"我同福儿正谈着，邻舍的阿金手里拿着一块烧饼跑过来，一壁吃着一壁高声叫："快看这小叫化子睡觉呢。"这乡下孩子被他惊醒了，她揉揉眼睛，四处张望着，看见阿金手里的饼，露着渴求的注视，最终她哭了。福儿跑过去，吓她道："为什么哭？仔细太太来打你！"这倒是福儿经验之谈，（她也不过七岁买来的，现在十七岁了。）不过我从来没用过丫头，也不知道对付丫头的心理，这时看见这小丫头哭，我知道她定是要想吃阿金手里的饼。如果是在她自己母亲跟前，她必定要向她母亲要求，虽是母亲不给她，她也终至于哭了，然而比这时不敢开口的哭，我总觉是平淡得多。我想若果是我遭了不幸，我的萱儿也被这样看待，我将何以为情！我想到这里不由得十分同情于那小丫头，因拿了两个铜元叫福儿到门口买了一个烧饼给她，她愁锁的双眉舒展了，露着可怜的笑容在那枯蜡般的两颊上。我问她："你家有什么人？"她畏畏缩缩的往我跟前挪了两步。我说："走过来，不要怕，我不打你，明天还买饼给你吃呢。"她果然又向前凑了凑。我又问她："你爹和你妈呢？"她说："都死了！""那么你跟什么人过活……"她似乎不懂，看着我怔怔不动，我又问她："谁把你卖了？"她摇摇头仍然不回答。"唉！真是孺子何罪？受此荼毒！"我自叹着到屋里。

萱儿这时正睡醒，她投到我怀里，要吃饼。福儿把炖好的牛奶和饼干都拿来了,她吃着笑着,一片活泼天机,怎么知道在这世界上有许多不幸的小生命呢。

过了两天,这个乡下孩子已经有了名字,叫寿儿。于是不时听见"寿儿扫地"的呼唤声。我每逢听到这声音,总不免有些怀疑,扫帚比她的身量还高,她竟会扫地?这倒有些难为煞人了!那一天早晨,她居然拿着扫帚到我房里来了,她用尽全身的力气,喘吁吁的,不自然的扫着。我越看越觉得不受用,我因叫她不用扫了,但她一声不响,也不停止她的拿扫帚的双手,一直的扫完了。我便拉住她的手说:"我不叫你扫,你为什么还在扫?"她低着头不响。我又再三的问她,才听见从咽喉底发出游蜂似的小声道:"太太叫我扫,不扫完要挨打。"她这句话又使我想起昨天早晨,我还没起床的时候,曾听见她悲苦的声音,想来就是为了扫地的缘故吧!但我真不忍再问下去,我只说道:"好,现在你扫完了,可以去吧!"实在的,我不愿我灵魂未曾整个毁灭之先,再受这不幸的生命的伤痕的焚炙。我抚摸着萱儿丰润的双颊,我深深的感谢上帝!然而我深愧对那个寿儿的母亲,人类只是一个自私的虫儿呵!

桌上放着的信,被西风吹得飘落地上,我拾了起来。"寿儿一呕而亡!"几个字,仿佛金蛇般横据于我灵躯之中,我仿佛看见那可怜的寿儿,已费用她天上的母亲的爱泪,洗清她六年来尘梦中的伤污了,上帝仍旧是仁爱的,使她在短促期间内,超拔了自己,但愿从此不要再世为人了!——我不住为寿儿庆幸。

这时西窗外的风雨比先更急了,它们仿佛不忍劫后的余焰再过分的焚炙。不过那种刻骨悲哀的了解,我实在太深切了,欢乐是怎样麻醉人们的神经,悲哀也是同样使人神经麻醉,况且我这时候既为一切不幸的哀挽,又为已经超脱的寿儿庆幸。

唉,真是说不上来的喜共愁——怎能不使我如醉如梦,更何心问西窗外的风雨,是几时停的呵!

血泊中的英雄

用斧子砍死一个人，因为他是我们的敌人，这是多么冠冕堂皇的话，谁能反对他这个理由呢？——由我们元祖宗亲已经给了我们放仇人不过的教训。

不幸的志玄，他被一般和他素未谋面的人，认他是仇敌，这未免太滑稽了吧！但是他们原不懂谁是谁非，只要有人给他相当的利益，他自然乐得举起斧子给他一顿了！

大约在两个月以前吧，正是江寒雪白的时候，我正坐在屋里炉边向火。忽见一个青年——他是我新近认识的朋友，进来对我说："现在的世界实在太残酷了，好端端的一个人，从他由家里出来的时候，他绝梦想不到，从此只剩了魂魄回去了！可是他居然莫名其妙的睡在血泊中，那一群蓝布短衫，黑布短裤的人，好像恶狼似的，怒目张口向他咬啮，一群斧子不问上下的乱砍，于是左手折了,右腿伤了。他无抵抗的睡在血泊中。"

一种种的幻象,在他神志昏乱的时候悄悄的奔赴。

三间茅房,正晒着美丽的朝阳,绿油油的麦穗,在风地里袅娜弄姿。两鬓如霜的老母亲,正含笑从那短短的竹篱里赶出一群鸡雏,父亲牵着母牛,向东边池畔去喂草。可爱的小妹妹,采了油菜的花蕊,插在大襟上。母亲回过头来看见藏蕃薯的窨,不觉喜欢得笑出泪来,拉着妹妹的手说:"你玄哥哥最喜吃蕃薯,再两个月就放暑假了,他回来看见这一地窨子的白薯,该多么欢喜!你不许私自去拿,留着好的,等待你远道的玄哥。"母亲呵!如春晖如爱日的母亲,怎么知道你念念不忘的玄儿,正睡在血泊中和命运挣扎!

眼中觉得潮润,头脑似乎要爆裂,神志昏迷了;温爱的家园,已隐于烟雾之后了。

不知道什么时候,竟睡在一间陌生的屋子里,一个白衣白帽的女人,正将一个冷冰冰的袋子,放在自己头上,觉得神气清爽多了。

这是怎么一回事呢,我不曾得罪他们,为什么他们要拿斧子砍我?可是他们不也有母亲吗,为什么不替母亲想?母亲的伤心,他们怎么总想不到呢?"哎哟妈妈呀!"

站在志玄身傍的看护妇,忽听志玄喊妈妈,以为他的伤处痛疼,因安慰他道:"疼吗?忍耐点,不要紧的,明天就好了。"志玄摇摇头道:"不!……我想我的母亲,母亲来我才能好,请赶快去叫我的母亲——我亲爱的妈妈!"

志玄流着恋慕的眼泪,渐觉得眼前一阵昏黑,便晕过去了。

几个来探病的同学,都悄悄的站在门外,医生按着脉,蹙着眉说:"困难,困难,伤虽不是绝对要紧,但是他的思想太多,恐怕心脏的抵抗力薄弱,那就很危险,最好不要想什么,使他热度稍微退一点才有办法。"医生说完忙忙的到别的病房去诊视去了。同学们默默的对望着,然而哪里有办法!有的说:"去打电报,叫他的母亲来吧?"有的说:"听说他母亲的年纪很大了,并且只有他这么一个儿子,若突然的接到电报宁不要吓杀。""那么怎么办呢,看着他这样真难过,这些人他们怎么没一点人心,难道他们是吃了豹子心的。"一个年轻的同学越说越恨,竟至掉下泪来,其余的同学看他这副神气,又伤心,又可笑,正要想笑,忽听志玄又喊起来道:"妈妈呀,他们摘了你的心肝去了,好朋友们你们打呵,他们是没有心肝的……哎哟可怕呢，一群恶鬼他们都拿着斧子呢，你们砍伤母亲的儿子，母亲多么伤心呵！"

恐怖与哀悯，织成云雾，慢罩在这一间病室里，看护妇虽能勉强保持她那行若无事的态度，但当她听见病人喊妈妈的时候，她也许曾背过脸去拭泪，因为她的眼圈几次红着。医生又来看了一次，大约是绝望了，他虽不曾明明这样说，可是他蹙着眉摇着头说："他的家里已经通知了吗？我想你们应当找他的亲人来。"哎！这恶消息顷刻传遍了，朋友们都不禁为这个有志而好学的青年流泪，回廊上站满了和志玄有关系的人，他们眼看着将走入死的程途的志玄，不免想到他一生。"志玄实在是一个不可多得的少年，他生成一副聪明沉毅的面孔和雄壮陡峭的躯格，谁能想得到收束得这样快呢？"

他曾梦想要作一个爱的使者，消除人间的隔膜，并且他曾立志要为人与人间的连锁线，他因为悲悯一般无知识的人们，为他们开辟光明的疆土，为他们设立学校，他主张伟大的爱，爱所有的人类，然而他竟因此作了血泊中的英雄。

悲愤——也许是人类的羞耻吧，——这时占据了病室中的人们的心，若果没有法子洗掉这种的羞耻，他们实在有被焚毁的可能。唉！上帝！在你的乐园里，也许是美满的，圣洁的，和永无愁容的灵魂，然而这可怕的人世，便是你安排的地狱吗？那么死实在是罪恶的结束了。

诅咒人生的青年们，被忧愁逼迫得不透气，只是将眼泪努力往肚里咽，咽入丹田里的热泪，或者可以医他们的剧创。

昨天他们已打电报给志玄的家人了。大家都预备着看这出惨剧，他们不曾一时一刻放下这条心，算计怎样安慰志玄的老母或老父。然而他们胆怯，仿佛不可思议的大祸要到了，他们恐怕着忧愁着预备总有一阵大雷雨出现。

悚惧着又过了一天，已经将近黄昏了，医院的门口有一个穿蓝布长衫的乡下老头不断的探望，——那真是一个诚朴的乡下人，在他被日光蒸晒的绛色面皮上，隐隐露出无限的忧惶与胆怯，在他那饱受艰辛的眼睛里，发着闪烁的光，因为他正焦愁的预算自己的命运，万一有什么意外的事发生，那么将一生的血汗所培养的儿子一笔勾销了！唉，这比摘了他血淋淋的心肝尤觉苦痛！不明白苍天怎样安排！

这乡下老头在门外徘徊许久,才遇见一个看志玄病的同学,从里面出来,他这才嗫嚅着问道:

"请问先生,我们的孩子张志玄可是住在里面?"

那少年抬起头来,将那老儿上下打量了一番,由不得一阵酸楚几乎流下泪来。……心想可怜白发苍苍的老父,恐怕已不能和他爱子,作最后的谈话了,因为他方才出来的时候,志玄已经不会说话了……他极力将眼泪咽下去,然后说:

"是的,志玄正住在这里,先生是他的父亲吗?"老儿听见他儿子在里面,顾不得更和那青年周旋,忙忙往里奔,一壁却自言自语的道:"不知怎么样了……"

青年领着志玄的父亲,来到病房的门口,只见同学们都垂着头默默无言的站在那里,光景已没有挽回的希望了。这数百里外来的老父,这时赶到志玄的面前,只见他已经气息奄奄,不禁一把抱住他的头,摧肝断肠的痛哭起来。志玄的魂魄已渐渐离了躯壳。这可怜的老父连他最后的一瞬都不可得,不禁又悲又愤。他惨厉的哭着,捶胸顿足的说道:"玄儿,我害了你,要你读什么书,挣什么功名,结果送了你的命,还不如在家作个种地的农人,叫你母亲和我老来还有个倚靠!哎,儿呵,你母亲若知道了这个信息，她怎么受得住。哎！冤孽的儿！……"志玄的老父越哭越惨，满屋的人都禁不住呜咽。

这真是一出可怕的惨剧，但是归真的志玄他那里想得到在那风雪悲惨的时候，他苍颜白发的老父正运着他的尸壳回家。

可怜的母亲，还留着满地窖的蕃薯，等候她儿子归来，欢欣的享受。哪里知道她儿子已作了血泊中的英雄，留给这一对老人的只是三寸桐棺和百叫不应的遗像罢了。

憔悴梨花风雨后

这天下午,雪屏从家里出来,就见天空彤云凝滞,金风竦栗,严森刺骨,雪霰如飞沙般扑面生寒;路上仍是车水马龙,十分热闹,因为正是新年元旦。

他走到马路转角,就看见那座黑漆大门,白铜门镮迎着瑞雪闪闪生光。他轻轻敲打那门镮,金声铿锵,就听见里边应道:"来了。"开门处,只见一个十五六岁的使女,眉长眼润,十分聪明伶俐,正是倩芳的使女小憨;她对雪屏含笑道:"吴少爷里边请吧,我们姑娘正候着呢!"

小憨让雪屏在一间精致小客厅里坐了,便去通知倩芳。雪屏细看这屋子布置得十分清雅:小圆座上摆着一只古铜色康熙碎瓷的大花瓶,里面插着一枝姿若矫龙的白梅,清香幽细,沁人心脾;壁上挂着一幅水墨竹画,万竹齐天,丛篁摇曳,烟云四裹,奇趣横生。雪屏正在入神凝思，只听房门"呀"的开了，倩芳俏丽的影像，整个展露眼前，雪屏细细打量，只见她身上穿一件湘妃色的长袍，头上挽着一个蝴蝶髻，前额覆着短发，两靥嫩红，凤目细眉，又是英爽，又是妩媚！雪屏如饮醇胶，魂醉魄迷，对着倩芳道："你今日出台吗？……"

"怎能不出台……吃人家的饭，当然要受人家的管。"

"昨天你不是还不舒服吗？"

"谁说不是呢……我原想再歇两天，张老板再三不肯，他说广告早就登出去了，如果不上台，必要闹事……我也只得扎挣着干了。"

"那些匾对都送去挂了吗？"

"早送去了……但是我总觉得怯怯的……像我们干这种营生的，真够受了，哪一天夜里不到两三点睡觉，没白天没黑夜的不知劳到什么时候？"

"但你不应当这么想，你只想众人要在你们一歌一咏里求安慰，你们是多么伟大呢……艺术家是值得自傲的！"

"你那些话，我虽不大懂，可是我也仿佛明白；真的，我们唱到悲苦的时候，有许多人竟掉眼泪，唱到雄壮的时候，人们也都眉飞色舞，也许这就是他们所要的安慰！"

"对了！他们真是需要这些呢，你们——艺术家——替人说所要说的话，替人作所要作的事，他们怎能不觉得好呢……"

"你今天演什么戏？"雪屏问着就站了起来，预备找那桌上放着的戏单。

倩芳因递了一张给他，接着微笑道："我演《能仁寺》好不好？"

"妙极了，你本来就是女儿英雄，正该演这出戏。"

"得了吧！……我觉得我还是扮《白门楼》的吕布更漂亮些。"

"正是这话……听我告诉你，上次你在北京演吕布的时候，我们有一个朋友都看痴了，你就知道你的扮像了！我希望你再演一次。"

"瞧着办吧，反正这几个戏都得挨着演呢……你今晚有空吗？你若没事，就在我这里。吃了饭，你送我到戏园里去，我难得有今天这么清闲！原因是那些人还没打探到我住在这里，不然又得麻烦呢……"

"你妈和你妹妹呢？"

"妹妹有日戏，妈妈陪她去了。"

"你妈这几年来也着实享了你的福了，她现在待你

曼丽

怎样？"

"还不是面子事情……若果是我的亲妈，我早就收台了，何至于还叫我挨这些苦恼。"

"你为什么总觉得不高兴？我想还是努力作下去，将来成功一个出名的女艺术家不好吗？"

"你不知道，天地间有几个像你这样看重我们，称我们作艺术家？那些老爷少爷们，还不是拿我们当粉头看……这会子年纪轻，有几分颜色，捧的人还不怕没有；再过几年，谁知道又是什么样子？况且唱戏全靠嗓子，嗓子倒了，就完了……所以我只想着有点钱，就收盘了也罢。但我妈总是贪心不足，我也得挨着……"倩芳说到这里，有些愤然了，她用帕子擦着眼泪，雪屏抚着她的肩说：

"别伤心吧，你的病还没有大好，回头又得上台，我在这坐坐，你到房里歇歇吧！"

"不！我也没有什么大病，你在这里我还开心，和你谈谈，似乎心里松得多了……想想我们这种人真可怜，一天到晚和傀儡似的在台上没笑装笑，没事装事，左不过博戏台底下人一声轻鄙的彩声！要有一点不周到，就立刻给你下不来台……更不肯替我们想想！"

"你总算熬出来了,羡慕你的人多呢,何必顾虑到这一层!"

"我也不知为什么,总觉得人们的眼光可怕,往往从他们轻鄙的眼光里,感到我们作戏的不值钱……"

壁上的时计,已指到七点,倩芳说:"妈妈和妹妹就要回来了,咱们叫他们预备开饭吧!"

小憨儿和老李把桌子调好,外头已打得门山响,小憨开门让她们母子进来,雪屏是常来的熟人,也没什么客气,顺便说着话把饭吃完;倩芳就预备她今夜上台的行头……蓝色绸子包头,水红抹额,大红排扣紧身,青缎小靴……弹弓宝剑,一切包好,叫小憨拿着,末了又喝一杯冰糖燕窝汤,说是润嗓子的,麻烦半天直到十点半钟才同雪屏、她妈妈、妹妹一同上戏园子去。

雪屏在后台,一直看着她打扮齐整,这才到前台池子旁边定好的位子上坐了。这时台上正演《汾河湾》,他也没心看,只凝神怔坐,这一夜看客真不少,满满挤了一戏园子。等到十二点钟,倩芳才出台,这时满戏园的人,都鸦雀无声的,盯视着戏台上的门帘,梆子连响三声,大红绣花软帘掀起,倩芳一个箭步窜了出来,好一个女英雄!两目凌凌放光,眉梢倒竖,樱口含嗔,全身伶俏，背上精弓斜挂，腰间宝剑横插；台下彩声如雷，音浪汹涌。倩芳正同安公子能仁寺相遇问话时，忽觉咽喉干涩，嗓音失润，再加着戏台又大，看客又多，竟使台下的人听不见她说些什么，于是观众大不满意，有的讪笑，有的叫倒好，有的高声嚷叫"听不见"，戏场内的秩序大乱。倩芳受了这不清的讽刺，眼泪几乎流了出来，脸色惨白，但是为了戏台上的规矩严厉，又不能这样下台，她含着泪强笑，耐着羞辱，按部就班将戏文作完。

雪屏在底下看见她那种失意悲怒的情态，早已不忍，忙忙走到后台等她，这时倩芳刚从绣帘外进来，一见雪屏，一阵晕眩，倒在雪屏身上，她妈赶忙走过来，怒狠狠的道："这一下可好了，第一天就抹了一鼻子灰，这买卖还有什么望头……"雪屏听了这凶狠老婆子的话，不禁发恨道："你这老妈妈也太忍心，这时候你还要埋怨她，你们这般人良心都上哪里去了……"她妈妈被雪屏一席话，说得敢怒不敢言，一旁咕嘟着嘴坐着去了。这里雪屏，把倩芳唤醒，倩芳的眼泪不住流下来，雪屏十分伤心，他恨社会的惨剧，又悲倩芳的命运，拿一个柔弱女子，和这没有同情，不尊重女性的社会周旋，怎能不

憔悴梨花风雨后

憔悴飘零？！……

　　雪屏一壁想着，一壁将倩芳扶在一张藤椅上。这时张老板走了进来，皱着眉头哼了一声道："这是怎么说，头一天就闹了个大拆台……我想你明天就告病假吧，反正这样子是演不下去了！"张老板说到这里，满脸露着懊丧的神色，恨不得把倩芳订定的合同，立刻取消了才好，一肚子都是利害的打算，更说不到同情。雪屏看了又是生气，又是替倩芳难受；倩芳眼角凝泪，惜然无语的倚在藤椅上，后来她妈赌气走了，还是雪屏把倩芳送回家去。

　　第二天早晨，北风呼呼的吹打，雪花依然在空中飘洒，雪屏站在书房的窗前，看着雪压风欺的棠梨，满枝缟素，心里觉得怅惘，想到倩芳，由不得"哎"的叹了一声，心想不去看她吧，实在过不去，看她吧，她妈那个脸子又太难看，怔了半天，匆匆拿着外套戴上帽子出去了。

　　倩芳昨夜从雪屏走后，她妈又嘟囔她大半夜。她又气又急！哭到天亮，觉得头里暴痛，心口发喘。她妈早饭后又带着她妹妹到戏园子去了，家里只剩下小憨儿和打杂的毛二。倩芳独自睡在床上，想到自己的身世；

曼丽

举目无亲，千辛万苦，熬到今天，想不到又碰了一个大钉子；以后的日子怎么过！那些少年郎爱慕自己的颜色虽多，但没有一个是把自己当正经人待……只有雪屏看得起自己，但他又从来没露过口声，又知道是怎么回事……倩芳想到这里，觉得前后都是茫茫荡荡的河海，没有去路，禁不住掉下泪来。

雪屏同着小憨儿走进来，倩芳正在拭泪，雪屏见了，不禁长叹道："倩芳！你自己要看开点，不要因为一点挫折，便埋没了你的天才！"

"什么天才吧！恐怕除了你，没有说我是天才！像我们这种人，公子哥儿高兴时捧捧场，不高兴时也由着他们摧残，还有我们立脚的地方吗？……"

"正是这话！但是倩芳，我自认识你以后，我总觉得你是个特别的天才，可惜社会上没人能欣赏，我常常为你不平，可是也没法子转移他们那种卑陋的心理；这自然是社会一般人的眼光浅薄，我们应当想法子改正他们的毛病。倩芳！我相信你是一个风尘中的巾帼英雄！你应当努力，和这罪恶的社会奋斗！"

倩芳听了雪屏的话，怔怔的望着半天，她才叹气道："雪屏！我总算值得了，还有你看得起我，但我怕对不起你,我实在怯弱,你知道吧!我们这院子东边的一株梨花,春天开得十分茂盛,忽然有一天夜里来了一阵暴风雨,打得满树花朵零乱飘落,第二天早起,我到那里一看,简直枝垂花败,再也抬不起头来……唉!雪屏!我的命运,恐怕也是如此吧?"雪屏听了这话,细细看了倩芳一眼,由不得低声吟道:"憔悴梨花风雨后……"

风欺雪虐

正是天容凝墨，雪花飞舞的那一天，我独自迎着北风，凭着曲栏，悄然默立。遥遥望见小阜后的寒梅，仿佛裹剑拥矢的英雄，抖擞精神，翼兀自喜。

烈烈的飘风，如怒狮般狂吼着，梨花片似的雪，不住往空虚的宇宙里飞洒，好像要使一切的空虚充实了。所有的污迹遮掩了，但是那正在孕蕊的寒梅，经不起风欺雪虐，它竟奄然睡倒在茅亭旁，雪掩埋了它，全成了它艳骨冰姿的身分。

"风雪无情，捣碎了梅花璀璨的前程！"我正为它低唱挽歌，忽见晓中进来，他披着极厚的大衣，帽子上尚有未曾融化的雪片。但是他仿佛一切都不理会似的，怔怔立在炉旁说："不冷吗！请你掩上窗子，我报告一件不幸的消息。"

"什么！……不幸的消息？"我怯弱的心悚栗了，我最怕听恶消息，因为我原是逃阵的败兵呵。

晓中慢慢脱了外套，挂上衣架，将帽子放近火炉旁烘烤，然后他长叹了一声道："你知道梅痕走了？她抛弃一切悄悄的走了！"

"哈，奇怪，她为什么走了，……她又往哪里走？"

"她吗？……哎！因为环境的压迫走了，……她现在也许已死在枪林弹雨中了……真是不幸！"

"你这话怎么讲？她难道作革命去了吗？……我实在怀疑，她为什么忽然变了她的信仰？"

"是呵！她原来最反对战争的，而且她最反对同室操戈的，为什么她现在竟决然加入战争的漩涡里？"

"这话也难说，一个人在一种不能屈伸的环境下，只有两条路可走，一条路是消极的叫命运宰割，一条就是努力自造运命。她原不是弱者，她自然要想自造运命，……从前她虽反对战争，现在自然难说了。"

"那末文徽也肯让她走吗？"

"噫！你怎么消息如此沉滞？你难道不知道文徽已和她解除婚约吗？她走恐怕最大的原因还在此呢。"

"天下的事情真是变得太厉害了，几个月前才听说他们定婚，现在竟然解除婚约，比作梦还要不可捉摸,……文徽为什么?"

"就是为了梅痕的朋友兰影。"

"哦!文徽又看上她了!这个年头的事情,真太滑稽了,什么事都失了准则!爱情更是游戏!"

"所以怎么怪得梅痕走……而且从她父母死后,她的家园又被兵匪捣毁得成了荒墟,她像是塞外的孤雁,无家可归。明明是这样可怕的局面,如何还能高唱升平?……她终于革命去了!"

"她走后有信来吗?"

"是的,我正要把她的信给你看。"

晓中从他衣袋中拿出梅痕的信来,他就念给我听:

晓中:

我走的突兀吗?但是你只要替我想一想,把我的命运推算推算,那么我走是很自然的结果。

我仿佛是皎月旁的微星,我失了生命的光,因为四境的压迫,我不久将有陨坠于荒山绝巘的可能,我真好比是湮海冥窈中的沙鸥!虽然我也很明白,我纵死了,世界上并没有缺少什么。我活着,也差不多等于离魂的躯壳,我没有意志的自由,……因为四围都是密网牢羁,我失了回旋的余地。

我从风雪中逃到此地,好像有些生意了。

前夜仿佛听见春神在振翼,她诏示我说:"青年的失败者,你还是个青年,当与春神同努力!你不应使你残余的心焰,受了死的判决,你应当如再来的春天,只觉得更热烈更光辉;你既受过压迫,你当为你自己和别人打破压迫,你当以你的眼泪,为一切的同病者洗刷罪孽和痛苦。"

晓中!你知道吗?在这世界上,没有真的怜悯与同情。我日来看见许多使我惊心的事情;我发现弱小者,永远只是为人所驱使,所宰割。前天我在公事房里,看见一封信,是某国的军官,给他侄子洛克夫的,他不知怎么忘记丢在抽屉里,那里边有几句话说:"我们不要吝惜金钱,我们要完成我们帮助弱者的胜利,我们应当用我们的诱引的策略,纵使惊人的破费,也应当忍耐着,如果我们得到最后的胜利,那末我们便可以控制整个的地球了。"……这不是很真确的事实吗?那末世界绝不是浑圆一体的,是有人我的分别的呵!

晓中!我不愿意无声无色,受运命的宰割,所以我决然离开你们,来到这里,但是这也不是我的驻足地,因为这些人都只是傀儡,我如果与他们合作,至少要先湮灭了我闪烁的灵焰。

世界这时好像永远在可怕的夜里,四面的枪声和狼吼般,使黑夜中的旅人惊怖。晓中!我正是旅人中的一个!哪里有光明的路?哪里有收拾残局聪明的英雄?……我到如今不曾发现,所以我只在可怕的夜幕中,徘徊彷徨,……也许我终要死在这里!

我近来也会运用手枪了,但是除了打死一只弱小的白兔外,我不曾看见我的枪使第二个生物流血。……血鲜红得实在可爱,比罂粟还可爱,玫瑰简直比浸渍在那热烈迷醉的鲜红的血泊中。明天早晨我决定离开这里,我不愿听这没有牺牲代价的枪声,虽然夜依然死寂得可怕！……我要将我的心幕，用尖利的解腕刀挑开，让那灵的火焰，照耀我的前程。……不过，晓中！不见得就找到新的境地，也许就这样湮灭了，仿佛沉尸海底，让怒涛骇浪扑碎了，可是总比消极受命运的宰割，要光彩热闹得多。

一路上都是枪弹焚炙的尸骸，我从那里走过，虽然心差不多震悚得几乎碎了；可是只有这一条路，从这险恶的战地逃出。……但这是明天的事，也许在这飞弹下完结了，也说不定。

今夜我虔诚的祈祷，万一他们能够觉悟，他们的环境是错误的，那么我明天的旅行，至少是寂寞的，……但是现在差不多天将亮了，他们迷梦犹酣，除了残月照着我的瘦影，没有第二个同命的侣伴。

唉！晓中！……悚栗战兢……可怜我愁煎的心怀，竟没有地方安排了！

我听晓中读完了梅痕的信，仿佛魔鬼已在暗中狞笑，并且告诉我说："你看见小阜上的梅花吗？……""呵！是了！梅痕一定完了！她奋斗的精神，正和峻峭的梅花一样，但是怎禁得住风欺雪虐呢？她终究悄悄的掩埋在一切压迫之下了。"晓中听了我的推断，只怔怔的对着那穷阴凝闭的天空嘘气。

　　但是一切都在冷森下低默着，谁知道梅痕的运命究竟如何呢？……

曼　丽

　　晚饭以后，我整理了案上的书籍，身体觉得有些疲倦，壁上的时计，已经指在十点了，我想今夜早些休息了吧！窗外秋风乍起，吹得阶前堆满落叶，冷飕飕的寒气，陡感到罗衣单薄；更加着风声萧瑟，不耐久听，正想熄灯寻梦，看门的老聂进来报说："有客！"我急忙披上夹衣，迎到院子里，隐约灯光之下只见久别的彤芬手提着皮箧进来了。

　　这正是出人意料的聚会，使我忘了一日的劳倦。我们坐在藤椅上，谈到别后的相忆，及最近的生活状况，又谈到许多朋友，最后我们谈到曼丽。

　　曼丽是一个天真而富于情感的少女，她妙曼的两瞳，时时射出纯洁的神光，她最崇拜爱国舍身的英雄，今年的夏末，我们从黄浦滩分手以后，一直没有得到她的消息，只是我们临别时一幅印影，时时荡漾于我的脑海中。

那时正是黄昏,黄浦滩上有许多青年男女挽手并肩的在那里徘徊,在那里密谈。天空闪烁着如醉的赤云,海波激射出万点银浪,蜿蜒的电车,从大马路开到黄浦滩旁停住了,纷纷下来许多人,我和曼丽也从人丛中挤下电车,马路上车来人往,简直一刻也难驻足,我们也就走到黄浦滩的绿草地上,慢慢的徘徊着,后来我们走到一株马樱树旁,曼丽斜倚着树身,我站在她的对面。

曼丽看着滚滚的江流说道:"沙姊!我预备一两天以内就动身,姊姊!你对我此行有什么意见?"

我知道曼丽决定要走,由不得感到离别的怅惘;但我又不愿使她知道我的怯弱,只得噙住眼泪振作精神说道:

"曼丽!你这次走,早在我意料中,不过这是你一生事业的成败关头!希望你不但有勇气,还要再三慎重!……"

曼丽当时对于我的话似乎很受感动,她紧握着我的手说道:

"姊姊!望你相信我,我是爱我们的国家,我最终的目的是为国家的正义而牺牲一切。"

当时我们彼此珍重而别,现在已经数月了。不知道曼丽的成功或失败,我因向彤芬打听曼丽的近状,只见彤芬皱紧眉头,叹了一口气道:"可惜!可惜!曼丽只因错走了一步,终至全盘失败,她现今住在医院里,生活十分暗淡,我离沪的时候曾去看她,哎!憔悴得可怜……"

我听了这惊人的消息,不禁怔住了。彤芬又接着说道:"曼丽有一封长信,叫我转给你,你看了自然都能明白。"说着她就开了那小皮箧,果然拿出一封很厚的信递给我,我这时禁不住心跳,不知这里头是载着什么消息,忙忙拆开看道:

沙姊:

我一直缄默着,我不愿向人间流我悲愤的眼泪,但是姊姊,在你面前,我无论如何不应当掩饰。姊姊你记得吗!我们从黄浦滩头别后,第二天,我就乘长江船南行。

江上的烟波最易使人起幻想的,我凭着船栏,看碧绿的江水奔驰,我心里充满了希望,姊姊!这时我十分的兴奋,同时十分的骄傲,我想在这沉寂荒凉的沙漠似的中国里,到底叫我找到了肥美的草地水源,时代无论怎样的悲惨,我就努力的开垦,使这绿草蔓延全沙漠,使这水源润泽全沙漠,最后是全中国都成绿野芊绵的肥壤,这是多么光明的前途,又是多么伟大的工作……

姊姊!我永远是这样幻想,不问沙鸥几番振翼,我都不曾为它的惊扰打断我的思路,姊姊你自然相信我一直是抱着这种痴望的。

然而谁知道幻想永远是在流动的,江水上立基础永远没有实现的可能,姊姊我真悲愤!我真惭愧!我现在是睡在医院的病房里,我十分的萎靡,并不是我的身体支不起,实是我的精神受了惨酷的荼毒,再没方法振作呵!

姊姊!我惭恨不曾听你的忠告——我不曾再三的慎重——我只抱着幼稚的狂热的爱国心,盲目的向前冲,结果我像是失了罗盘针的海船,在惊涛骇浪茫茫无际的大海里漂荡,最后,最后我触在礁石上了!姊姊!现在我是沉溺在失望的海底,不但找不到肥美的草地和水源,并且连希望去发现光明的勇气都没有了。

姊姊！我实在不耐细说。

我本拼着将我的羞愤缄默的带到九泉，何必向悲惨人间哓舌；但是姊姊，最终我怀疑了，我的失败谁知不是我自己的欠高明，那么我又怪谁，在我死的以前，我怎可不向人间忏悔，最少也当在我亲爱的姊姊面前忏悔。

姊姊，请你看我这几页日记吧！那里是我彷徨歧路的残痕；同时也是一般没有主见的青年人，彷徨歧路的残痕；这是我坦白的口供，这是我藉以忏悔的唯一经签……

曼丽这封信，虽然只如幻云似的不可捉摸，但她涵盖着人间最深切的哀婉之情，使我的心灵为之震惊；但我要继续看她的日记，我不得不极力镇静……

八月四日　半个月以来，课后我总是在阅报室看报，觉得国事一天糟似一天，国际上的地位一天比一天低下，内政呢！就更不堪说了，连年征战，到处惨象环生……眼看着梁倾巢覆，什么地方足以安身？况且故乡庭园又早

曼丽

被兵匪摧残得只剩些败瓦颓垣,唉!……我只恨力薄才浅,救国有志,也不过仅仅有志而已!何时能成事实!

昨天杏农曾劝我加入某党,我是毫无主见,曾去问品绮,他也很赞成。

今午杏农又来了,他很诚挚的对我说:"曼丽!我不要彷徨了。现在的中国除了推翻旧势力,培植新势力以外,还有什么方法希望国家兴盛呢?……并且时间到了,你看世界已经不像从前那种死寂,党军北伐,势如破竹,我们岂可不利用机会谋酬我们的夙愿呢?"我听了杏农的话,十分兴奋,恨不得立刻加入某党,与他们努力合作。后来杏农走了,我就写一封信给畹若,告诉他我现在已决定加入某党,就请他替我介绍。写完信后,我悄悄的想着中国局势的危急,除非许多志士出来肩负这困难,国家的前途,实在不堪设想呢……这一天,我全生命都浸在热血里了。

八月七日　我今天正式加入某党了,当然

填写志愿书的时候,我真觉得骄傲,我不过是一个怯弱的女孩子,现在肩上居然担负起这万钧重的革命事业!我私心的欣慰,真没法子形容呢!我好像有所发见,我觉得国事无论糟到什么地步,只要是真心爱国的志士,肯为国家牺牲一切,那末因此国家永不至沦亡,而且还可产生出蓬勃的新生命!我想到这里我真高兴极了,从此后我要将全副的精神为革命奔走呢!

下午我写信告诉沙姊,希望她能同我合作。

八月十五日　今天彤芬有信来,关于我加入某党,她似乎不大赞成,她的信说:"曼丽!接到你的信,知道你已经加入某党,我自然相信你是爱国而加入的,和现在一般投机分子不同,不过曼丽你真了解某党的内容吗?你真是对于他们的主义毫无怀疑的信仰吗?你要革命,真有你认为必革的目标吗?曼丽我觉得信仰主义和信仰宗教是一样的精神,耶稣吩咐他的门徒说:你们应当立刻跳下河里去,拯救那个被溺的妇女和婴孩。那时节你能决不踌躇,

曼丽

决不怀疑的勇往直前吗？曼丽我相信你的心是纯洁的；可是你的热情往往支配了你的理智，其实你既已加入了，我本不该对你发出这许多疑问，不过我们是很好的朋友，我既想到这里，我就不能缄默，曼丽请你原谅我吧！"

彤芬这封信使我很受感动，我不禁回想我入党的仓卒，对于她所说的问题我实在未能详细的思量，我只凭着一腔的热血无目的的向人间喷射……哎！我今天心绪十分恶劣，我有点后悔了！

八月二十二日　现在我已正式加入党部工作了，一切的事务都呈露紊乱的样子，一切都似乎找不到系统——这也许是因我初加入合作，有许多事情是我们不知道其系统之所在，并不是它本身没有系统吧！可是也就够我彷徨了。

他们派我充妇女部的干事，每天我总照法定时间到办公室，我们妇女部的部长，真是一个奇怪的女人，她身体很魁伟，常穿一套棕色的军服，将头发剪得和男人一样，走起路来，腰杆也能笔直，神态也不错；只可惜一双受过摧残，被解放的脚，是支不起上体的魁伟；虽是皮鞋做得很宽大，很充得过去，不过走路的时候，还免不了袅娜的神态。这一来可就成了三不像了，更足使人注意的，是她那如洪钟的喉音，她真喜欢演说，我们在办公处最重要的公事，大概就是听她的演说了……真的，她的口才不算坏，尤其使人动听的是那一句："我们的同志们"，真叫得亲热！但我有时听了有些不自在……这许是我的偏见，我不惯作革命党，没有受过好训练——我缺乏她那种自满的英雄气概——我总觉得我所想望的革命不是这么回事！

现在中国的情形，是十三分的复杂，比乱麻还难清理，我们现在是要作剖清整理的革命工作，每一个革命分子，以我的理想至少要镇天的工作——但是这里的情形，绝不是如此，部长专喜欢高谈阔论，其他的干事员写情书的依然写情书，讲恋爱的照样讲恋爱，大家都仿佛天下指日可定，自己将来都是革命元勋，作官发财，高车驷马，都是意中事，意态骄逸，简直不可一世——这难道说也是全民所希冀的革命吗？哎！我真彷徨！

九月三日 我近来精神真萎靡，我简直提不起兴味来，这里一切的事情都叫我失望！

昨天杏农来说是芸泉就要到美国去，这真使我惊异，她的家境很贫困，怎么半年间忽然又有钱到美国了。后来问杏农才知道她作了半年妇女部的秘书，就发了六七千元的财呵！这话真使我惊倒了，一个小小的秘书，半年间就发了六七千元的财，那若果要是作省党部的秘书长，岂不可以发个几十万吗？这手腕真比从前的官僚还要厉害——可是他们都是为民众谋幸福的志士，他们莫非自己开采得无底的矿吗？……呵！真真令人不可思议呢！

沙姊有信来问我入党后的新生命，真惭愧，这里原来没有光大的新生命，军阀要钱，这里的人们也要钱，军阀吃鸦片，这里也时时有喷云吐雾的盛事，呵！腐朽！一切都是腐朽的……

九月十日　真是不可思议，在一个党部里竟有各式各样不同的派别！昨天一天，我遇见三方面的人，对我疏通选举委员长的事。他们都称我作同志，可是三方面各有他们的意见，而且又是绝对不同的三种意见，这真叫我为难了，我到底是谁的同志呢？老实说吧，他们都是想膨胀自己的势力，哪一个是为公忘私呢……并且又是一般只有盲目的热情的青年在那里把持一切……事前没有受过训练，哎！我不忍说——真有些倒行逆施，不顾民意的事情呢！

小珠今早很早跑来，告诉我前次派到C县作县知事的宏卿，在那边勒索民财，妄作威福，闹了许多笑话，真叫人听着难受，本来这些人，一点学识没有，他们的进党目的，只在发财升官，一旦手握权柄，又怎免滥用？杏农的话真不错！他说："我们革命应有步骤，第一步是要充分的预备，无论破坏方面，建设方面，都要有充足的人才准备。第二步才能去作破坏的工作,破坏以后立刻要有建设的人才收拾残局……"而现在的事情,可完全不对,破坏没人才,建设更没人才!所有的分子多半是为自己的衣饭而投机的,所以打下一个地盘以后,没有人去作新的建设!这是多么惨淡的前途呢,土墙固然不好,可是把土墙打破了,不去修砖墙,那还不如留着土墙,还成一个片断,哎!我们今天越说越悲观,难道中国只有这黯淡的命运吗?

九月十五日　今天这里起了一个大风潮,这才叫作丢人呢!

维春被枪决了!因为他私吞了二万元的公款,被醒胡告发,但是醒胡同时却发了五十万大财,据说维春在委员会里很有点势力!他是偏于右方的,当时惹起反对党的忌恨,要想法破坏他,后来知道醒胡和他极要好,因约醒胡探听他的私事,如果能够致维春的死命,就给他五十万元,后来醒胡果然探到维春私吞公款的事情,到总部告发了,就把维春枪决了。

这真像一段小说呢！革命党中的青年竟照样施行了。自从我得到这消息以后，一直懊恼，我真想离开这里呢！

下午到杏农那里，谈到这件事，他也很灰心。唉！这到处腐朽的国事，我真不知应当怎么办呢！

九月十七日　这几天党里的一切事情更觉紊乱，昨夜我已经睡了，忽接到杏农的信，他说："这几天情势很坏，军长兵事失利，内部又起了极大的内讧——最大的原因是因为某军长部下所用一班人，都是些没有实力的轻浮少年，可是割据和把持的本领均很强，使得一部分军官不愿意听他们，要想反戈，某军长知道实在不可为了，他已决心不干，所以我们不能不准备走路，请你留意吧！"

哎！走路！我早就想走路，这地方越做越失望，再住下去我简直要因刺激而发狂了！

九月二十二日　党支部几个重要的角色都

曼丽

跑尽了，我们无名小角也没什么人注意，还照旧在这里鬼混，但也就够狼狈了！有能力的都发了财，而我们却有断炊的恐慌，昨晚检点皮箧只剩两块钱。

早晨杏农来了，我们照吃了五毛钱一桌的饭，吃完饭，大家坐在屋里，皱着眉头相对。小珠忽然跑来，她依然兴高采烈，她一进门就嘻嘻哈哈的又说又笑，我们对她诉说窘状，她说："愁什么！我这里先给你们二十块，用完了再计较。"杏农才把心放下，于是我们暂且不愁饭吃，大家坐着谈些闲话，小珠对着我们笑道："我告诉你们一件有趣的新闻：你们知道兰芬吗？她真算可以，她居然探听到敌党的一切秘密；自然兰芬那脸子长得漂亮，敌党的张某竟迷上她了！只顾讨兰芬的喜欢，早把别的事忘了。他们的经过真有趣，昨天听兰芬告诉我们，真把我笑死！前天不是星期吗？一早晨，张某就到兰芬那里，请兰芬去吃午饭，兰芬就答应了他。张某叫了一辆汽车，同兰芬到德昌饭店去，到了那里，时候还早，他们就拣了一间屋子坐下,张某就对兰芬表示好意,诉说他对兰芬的爱慕,兰芬笑道:'我很希望我们作一个朋友,不过事实恐怕不能!你不能以坦白的心胸对我……'张某听了兰芬的话,又看了那漂亮的面孔,真的,他恨不得把心挖出来给她,就说道:'兰芬,只要你真爱我,我什么都能为你牺牲,如果我死了,于你是有益的,我也可以照办。'兰芬就握住他的手说道:'我真感激你待我的诚意,不过我这个人有些怪僻,除非你告诉我一点别人所听不到的事情,那我就信了。'张某道:'我什么事都可以告诉你,现我背我的生平你听,兰芬!那你相信我了吧!'兰芬说:'你能将你们团体的秘密全对我说吗?……我本不当有这种要求,不过要求彼此了解起见,什么事不应当有掩饰呢!'张某简直迷昏了,他绝不想到兰芬的另有用意,他便把他的团体决议对付敌人种种方法告诉兰芬,以表示爱意……这真滑稽得可笑!"

小珠说得真高兴,可是我听了,心里很受感动,天下多少机密事是误在情感上呢!

曼丽

十月一日 在那紊乱的N城，厮守不出所以然来，今天我又回到了上海，早车到了这里，稍吃了些点心，我就去看朋友。走到黄浦滩，由不得想到前几个月和沙姊话别的情形，那时节是多么兴奋！多么自负！……哎！谁想到结果是这么狼狈。现在觉悟了，事业不但不是容易成功，便连从事事业的途径也是不易选择的呢！

回到上海——可是我的希望完全埋葬在N城的深土中，什么时候才能发芽蓬勃滋长，谁能知道？谁能预料呵？

十月五日 我忽然患神经衰弱病，心悸胸闷，镇天生气，今天搬到医院里来，这医院是在城外，空气很好，而且四周围也很寂静，我睡在软铁丝的床上，身体很舒适了，可是我的病是在精神方面，身体越舒服睱预，我的心思越复杂，我细想两三个月的经历，好像毒蛇在我的心上盘咬！处处都是伤痕，哎！我不曾加入革命工作的时候，我的心田里，万丛荆棘的当中，还开着一朵鲜艳的紫罗兰花，予我以前途烂灿的希望。现在呢！紫罗兰萎谢了，只剩下刺人的荆棘，我竟没法子迈步呢！

十月七日　两夜来，我只为已往的伤痕懊恼，我恨人类世界，如果我有能力，我一定让它全个湮灭！……但是我有时并不这样想，上帝绝不这样安排的，世上有大路，有小路，有走得通的路，有走不通的路，我并不曾都走遍，我怎么就绝望呢！我想我自己本没有下过探路的功夫，只闭着眼跟人家走，失败了！还不是自作自受吗？……

奇怪我自己转了我愤恨的念头，变为追悔时，我心头已萎的紫罗兰，似乎又在萌芽了，但是我从此不敢再随意的摧残了。……我病好以后，我要努力找那走得通的路，去寻求光明，以前的闭眼所撞的伤痕，永远保持着吧！……

曼丽的日记完了，我紧张的心弦也慢慢恢复了原状,那时夜漏已深,秋扇风摇,窗前枯藤,声更憭栗!彤芬也很觉得疲倦,我们暂且无言的各自睡了。我痴望今夜梦中能见到曼丽,细认她的心的创伤呢!

房　东

当我们坐着山兜，从陡险的山径，来到这比较平坦的路上时，兜夫"哎哟"的舒了一口气，意思是说"这可到了"。我们坐山兜的人呢，也照样的深深的舒了一口气，也是说："这可到了！"因为长久的颠簸和忧惧，实在觉得力疲神倦呢！这时我们的山兜停在一座山坡上，那里有一所三楼三底的中国化的洋房。若从房子侧面看过去，谁也想不到那是一座洋房，因为它实在只有我们平常比较高大的平房高，不过正面的楼上，却也有二尺多阔的回廊，使我们住房子的人觉得满意。并且在我们这所房子的对面，是峙立着无数的山峦。当晨曦窥云的时候，我们睡在床上，可以看见万道霞光，从山背后冉冉而升，跟着雾散云开，露出艳丽的阳光，再加着晨气清凉，稍带冷意的微风，吹着我们不曾掠梳的散发。真有些感觉得环境的松软，虽然比不上列子御风，那么飘逸。至于月夜，那就更说不上来的好了。月光本来是淡青色，再映上碧绿的山景，另是一种翠润的色彩，使人目眩神飞。我们为了它们的倩丽往往更深不眠。

这种幽丽的地方，我们城市里熏惯了煤烟气的人住着，真是有些自惭形秽，虽然我们的外面是强似他们乡下人。凡从城里来到这里的人，一个个都仿佛自己很明白什么似的。但是他们乡下人至少要比我们离大自然近得多，他们的心要比我们干净得多。就是我那房东，她的样子虽特别的朴质，然而她都比我们好像知道什么似的人，更知道些。也比我们天天讲自然趣味的人，实际上更自然些。

可是她的样子，实在不见得美，她不但有乡下人特别红褐色的皮肤，并且她左边的脖项上长着一个盖碗大的肉瘤。我第一次看见她的时候，对于她那个肉瘤很觉厌恶，然而她那很知足而快乐的老面皮上，却给我很好的印象。倘若她只以右边没长瘤的脖项对着我，那倒是很不讨厌呢！她已经五十八岁了，她的老伴比她小一岁，可是他俩所作的工作，真不像年纪这么大的人。他俩只有一个儿子，倒有三个孙子，一个孙女儿。他们的儿媳妇是个瘦精精的妇人，她那两只脚和腿上的筋肉，一股一股的隆起，又结实又有精神。她一天到晚不在家，早上五点钟就到田地里去作工，到黄昏的时候，她有时肩上挑着几十斤重的柴来家了。那柴上斜挂着一顶草笠，她来到她家的院子里时，把柴担从这一边肩上换到那一边肩上时，必微笑着同我们招呼道："吃晚饭了吗？"当这时候，我必想着这个小妇人真自在，她在田里种着麦子，有时插着白薯秧，轻快的风吹干她劳瘁的汗液；清幽的草香，阵阵袭入她的鼻观。有时可爱的百灵鸟，飞在山岭上的小松柯里唱着极好听的曲子，她心里是怎样的快活！当她向那小鸟儿瞬了一眼，手下的秧子不知不觉已插了很多了。在她们的家里，从不预备什么钟，她们每一个人的手上也永没有带什么手表，然而她们看见日头正照在头顶上便知道午时到了，除非是阴雨的天气，她们有时见了我们，或者要问一声：师姑，现在十二点了罢！据她们的习惯，对于作工时间的长短也总有个准儿。

　　住在城市里的人每天都能在五点钟左右起来，恐怕是绝无仅有，然而在这岭里的人，确没有一个人能睡到八点钟起来。说也奇怪，我在城里头住的时候，八点钟起来，那是极普遍的事情，而现在住在这里也能够不到六点钟便起来,并且顶喜欢早起,因为朝旭未出将出的天容,和阳光未普照的山景,实在别饶一种清趣。更奇异的是山间变幻的云雾,有时雾拥云迷,便对面不见人。举目唯见,一片白茫茫,真有人在云深处的意味。然而霎那间风动雾开,青山初隐隐如笼轻绡。有时两峰间忽突起朵云,亭亭如盖,翼蔽天空,阳光黯淡,细雨霏霏,斜风潇潇,一阵阵凉沁骨髓,谁能想到这时是三伏里的天气。我曾记得古人词有"采药名山,读书精舍,此计何时就"。这是我从前一读一怅然,向往而不得的逸兴幽趣,今天居然身受,这是何等的快乐!更有我们可爱的房东,每当夕阳下山后,我们坐在岩上谈说时,她又告诉我们许多有趣的故事,使我们想象到农家的乐趣,实在不下于神仙呢。

女房东的丈夫,是个极勤恳而可爱的人,他也是天天出去作工,然而他可不是去种田,他是替他们村里的人,收拾屋漏。有时没有人来约他去收拾时,他便戴着一顶没有顶的草笠,把他家的老母牛和老公牛,都牵到有水的草地上拴在老松柯上,他坐在草地上含笑看他的小孙子在水涯旁边捉蛤蟆。

不久炊烟从树林里冒出来,西方一片红润,他两个大的孙子从家塾里一跳一蹀的回来了。我们那女房东就站在斜坡上叫道:"难民仔的公公,回来吃饭。"那老头答应了一声"来了",于是慢慢从草地上站起来,解下那一对老牛,慢慢踱了回来。那女房东在堂屋中间排下一张圆桌,一碗热腾腾的老矮瓜,一碗煮糟大头菜,一碟子海蜇,还有一碟咸鱼,有时也有一碗鱼鲞炖肉。这时他的儿媳妇抱着那个七八个月大的小女儿,喂着奶,一手抚着她第三个儿子的头。吃罢晚饭她给孩子们洗了脚,于是大家同坐在院子里讲家常,我们从楼上的栏杆望下去,老女房东便笑嘻嘻的说:"师姑!晚上如果怕热,就把门开着睡。"我说:"那怪怕的,倘若来个贼呢?……这院子又只是一片石头垒就的短墙,又没个门!""呵哟师姑!真真的不碍事,我们这里从来没有过贼,我们往常洗了衣服,晒在院子里,有时被风吹了掉在院子外头,也从没有人给拾走。倒是那两只狗,保不定跑上去。只要把回廊两头的门关上,便都不碍了!"我听了那女房东的话,由不得称赞道:"到底是你们村庄里的人朴厚,要是在城里头,这么空落落的院子,谁敢安心睡一夜呢!"那老房东很高兴的道:"我们乡户人家,别的能力没有,只讲究个天良,并且我们一村都是一家人,谁提起谁来都是知道的，要是作了贼，这个地方还住得下去吗？"我不觉叹了一声，只恨我不作乡下人，听了道返璞归真的话，由不得不心惊，不用说市井不曾受教育的人，没有天良；便是在我们的学校里还常常不见了东西呢！怎由得我们天天如履薄冰般的，掬着一把汗，时时竭智虑去对付人，哪复有一毫的人生乐趣？

我们的女房东，天天闲了就和我们说闲话儿，她仿佛很羡慕我们能读书识字的人，她往往称赞我们为聪明的人。她提起她的两个孙子也天天去上学，脸上很有傲然的颜色。其实她未曾明白现在认识字的人，实在不见得比他们庄农人家有出息。我们的房东，他们身上穿着深蓝老布的衣裳，用着极朴质的家具，吃的是青菜萝荸白薯掺米的饭，和我们这些穿缎绸，住高楼大厦，吃鱼肉美味的城里人比，自然差得太远了。然而试量量身分看，我们是家之本在身，吃了今日要打算明日的，过了今年要打算明年的，满脸上露着深虑所渍的微微皱痕，不到老已经是发苍苍而颜枯槁了。她们家里有上百亩的田，据说好年成可收七八十石的米，除自己吃外，尚可剩下三四十石，一石值十二三块钱，一年尽粮食就有几百块钱的余裕。以外还有一块大菜园，里面萝卜白菜，茄子豆角，样样俱全。还有白薯地五六亩，猪牛羊鸡和鸭子，又是一样不缺。并且那一所房除了自己住，夏天租给来这里避暑的人，也可租上一百余元，老母鸡一天一个蛋，老母牛一天四五瓶牛奶，倒是纯粹的奶子汁，一点不掺水的，我们天天向他买一瓶要一角二分大洋，他们吃用全都是自己家里的出产品，每年只有进款加进款，却不曾消耗一文半个，他们舒舒齐齐的作着工，过着无忧无虑的日子。他们可说是"外干中强"，我们却是"外强中干"。只要学校里两月不发薪水，简直就要上当铺。外面再掩饰得好些，也遮不住隐忧重重呢！

　　我们的老房东真是一个福气人，她快六十岁的人了，却像四十几岁的人。天色朦胧，她便起来，作饭给一家的人吃。吃完早饭儿子到村集里去作买卖，媳妇和丈夫，也都各自去作工，她于是把她那最小的孙女用极阔的带把她驮在背上，先打发她两个大孙子去上学，回来收拾院子，喂母猪，她一天到晚忙着，可也一天到晚的微笑着。逢着她第三个孙子和她撒娇时，她便把地里掘出来的白薯，递一片给他，那孩子笑嘻嘻的蹲在捣衣石上吃着。她闲时，便把背上的孙女儿放下来，抱着坐在院子里，抚弄着玩。

曼丽

有一天夜里月色布满了整个的山,青葱的树和山,更衬上这淡淡银光,使我恍疑置身碧玉世界,我们的房东约我们到房后的山坡上去玩,她告诉我们从那里可以看见福州。我们越过了许多壁立的巉岩,忽见一片细草平铺的草地,有两所很精雅的洋房,悄悄的站在那里。这一带的松树被风吹得松涛澎湃,东望星火点点,水光泻玉,那便是福州了。那福州的城子,非常狭小,民屋垒集,烟迷雾漫,与我们所处的海中的山巅,真有些炎凉异趣。我们看了一会福州,又从这叠岩向北沿山径而前,见远远月光之下竖立着一座高塔,我们的房东指着对我们说:"师姑!你们看见这里一座塔吗?提到这个塔,有一个很有趣的故事,我们这里相传已久了。——

"人们都说那塔的底下是一座洞,这洞叫作小姐洞,在那里面住着一个神道,是十七八岁长得极标致的小姐,往往出来看山,遇见青年的公子哥儿,从那洞口走过时,那小姐便把他们的魂灵捉去,于是这个青年便如痴如醉的病倒,吓得人们都不敢再从那地方来。——有一次我们这村子,有一家的哥儿只有十九岁,这一天收租回来,从那洞口走过,只觉得心里一打寒战,回到家里便昏昏沉沉睡了,并且嘴里还在说:'小姐把他请到卧房坐着,那卧房收拾得像天宫似的。小姐长得极好,他永不要回来。后来又说某家老二老三等都在那里作工。'他们家里一听这话,知道他是招了邪,因找了一位道士来家作法。第一次来了十几个和尚道士,都不曾把那哥儿的魂灵招回来;第二次又来了二十几个道士和尚,全都拿着枪向洞里放,那小姐才把哥儿的魂灵放回来!自从这故事传开来以后,什么人都不再从小姐洞经过,可是前两年来了两个外国人,把小姐洞旁的地买下来,造了一所又高又大的洋房,说也奇怪,从此再不听小姐洞有什么影响,可是中国的神道,也怕外国鬼子——现在那地方很热闹了,再没有什么可怕!"

我们的房东讲完这一件故事,不知想起什么,因问我道:"那些信教的人,不信有鬼神,……师姑!你们读书的人自然知道有没有鬼神了。"

这可问着我了,我沉吟半晌答道:"也许是有,可是我可没看见过,不过我总相信在我们现实世界以外,总另有一个世界,那世界你们说他是鬼神的世界也可以,而我们却认那世界为精神的世界……"

"哦!倒是你们读书的人明白!……可是什么叫作精神的世界呵!是不是和鬼神一样?"

曼丽

我被那婆婆这么一问，不觉嗤地笑了，笑我自己有点糊涂，把这么抽象的名词和他们天真的农人说。现在我可怎样回答呢，想来想去，要免解释的麻烦，因唪嚅着道："正是也和鬼神差不多！"

好了！我不愿更谈这玄之又玄的问题，不但我不愿给她勉强的解释。其实我自己也不大明白，我因指着她那大孙子道："孩子倒好福相，他几岁了？"我们的房东，听我问她的孩子，十分高兴的答道："他今年九岁了，已定下亲事，他的老婆今年十岁了。"后又指着她第二个孙子道："他今年六岁也定下亲，他的老婆也比他大一岁，今年七岁……我们家里的风水，都是女人比丈夫大一岁，我比他公公大一岁，他娘比他爹大一岁……我们乡下娶媳妇，多半都比儿子要大许多，因为大些会作事，我们家嫌大太多不大好，只大着一岁，要算很特别的了。"

"吓！阿姆你好福气，孙子媳妇都定下了，足见得家里有，要不然怎么作得起。"我们同住的老林很羡慕似的，对我们的房东说。我觉得有些好奇，因对那两个小孩子望着，只见他们一双圆而黑的眼珠对他们的祖母望着，……我不免想这两个无知无识的孩子，倒都有了老婆，这真是有点不可思议的事实。自然，在我们受过洗礼的脑筋里，不免为那两对未来的夫妇担忧，不知他们到底能否共同生活，将来有没有不幸的命运临到他和她，可是我们的那老房东却觉得十分的爽意，仿佛又替下辈的人作成了一件功绩。

一群小鸡忽然啾啾的嘈了起来。那老房东说："又是田鼠作怪！"因忙忙的赶去看。我们怔怔坐了些时就也回来了。走到院子里，正遇见那房东迎了出来，指着那山缝的流水道："师姑！你看这水映着月光多么有趣……你们如果能等过了中秋节下去，看我们山上过节，那才真有趣，家家都放花，满天光彩，站在这高坡上一看真要比城里的中秋节还要有趣。"我听了这话，忽然想到我来到这地方，不知不觉已经二十天了，再有三十天，我就得离开这个富于自然——山高气清的所在，又要到那充满尘气的福州城市去，不用说街道是只容得一轮汽车走过的那样狭，屋子是一堵连一堵排比着，天空且好比一块四方的豆腐般呆板而沉闷。至于那些人呢，更是俗垢遍身不敢逼视。

日子飞快的悄悄的跑了，眼看着就要离开这地方了。那一天早起，老房东用大碗满满盛了一碗糟菜，送到我的房间,笑容可掬的说:"师姑!你也尝尝我们乡下的东西,这是我自己亲手作的,这几天才全晒干了,师姑你带到城里去,管比市上卖的味道要好,随便炒吃炖肉吃,都极下饭的。"我接着说道:"怎好生受,又让你花钱。"那老房东忙笑道:"师姑!真不要这么说,我们乡下人有的是这种菜根子,哪像你们城市的人样样都需花钱去买呢!"我不觉叹道:"这正是你们乡下人叫人羡慕而又佩服的地方,你们明明满地的粮食,满院的鸡鸭和满圈子的牛羊猪,是要什么有什么,可是你们样子可都诚诚朴朴的,并没有一些自傲的神气,和奢侈的受用,……这怎不叫人佩服!再说你们一年到头,各人作各人爱作的事,舒舒齐齐的过着日子,地方的风景又好,空气又清,为什么人不羡慕?!……"那老房东听了这话,一手摸着那项上的血瘤,一面点头笑道:"可是的呢!我们在乡下宽敞清静惯了,倒不觉得什么……去年福州来了一班耍马戏的,我儿子叫我去见识见识,我一清早起带着我大孙子下了岭,八点钟就到福州,我儿子说离马戏开演的时间还早咧,我们就先到城里各大街去逛,那人真多,房子也密密层层,弄得我手忙脚乱,实觉不如我们岭里的地方走着舒心……师姑!你就多住些日子下去吧！……"

我笑道："我自然是愿意多住几天，只是我们学校快开学了，我为了职务的关系，不能不早下去……这个就是城市里的人大不如你们乡下人自在呵！"

我们的房东听了这话，只点了一点头道："那么师姑明年放暑假早些来，再住在我们这里，大家混得怪熟的，热剌剌的说走，真有点怪舍不得的呢！"

可是过了两天，我依然只得热剌剌的走了，不过一个诚恳而温颜的老女房东的印象却深刻在我的心幕上。——虽是她长着一个特别的血瘤，使人更不容易忘怀。然而她的家庭，和她的小鸡和才生下来的小猪儿……种种都充满了活泼泼的生机，使我不能忘怀——只要我独坐默想时，我就要为我可爱而可羡的房东祝福！并希望我明年暑假还能和她见面！

秋风秋雨愁煞人

凌峰独乘着一叶小舟，在霞光璀璨的清晨里——淡雾仿若轻烟，笼住湖水与岗峦，氤氲的岫云，懒散的布在山谷里；远处翠翠隐隐，紫雾漫漫，这时意兴十分潇洒。舟子摇着双桨，低唱小调，这船已荡向芦荻丛旁。凌峰站在船头，举目四望，一片红蓼；几丛碧苇，眼底收尽秋色。她吩咐舟子将船拢了岸，踏着细草，悄悄前进走过一箭多路，忽听长空雁唳，仰头一看，霞光无彩，雾氛匿迹，云高气爽，北雁南飞，正是"一年容易又秋风"，她怔怔倚着孤梧悲叹。

许多游山的人，在对面高峰上唱着陇头水曲，音调悲凉，她憯然危立，忽见树林里有一座孤坟，在孤坟的四围，满是霜后的枫叶，鲜红比血，照眼生辉，树梢头哀蝉穷嘶，似诉将要僵伏的悲愁，促织儿在草底若歌若泣。她在这冷峭的秋色秋声中，忽想起五年前曾在此地低吟"秋风秋雨愁煞人"!

她不由自主的向那孤坟走去,只见坟旁竖着残碑断碣,青苔斑斓,字迹模糊,从地上拣了一块瓦片,将青苔刮尽才露出几个字是"女烈士秋瑾之墓"。

"哦!女英雄。"她轻轻低呼着!已觉心潮激涌,这黄土垅中,深埋着虽是已腐化的枯骨,但是十几年前却是一个美妙的女英雄。那夜微冷的西风,吹拂着庭前松柯,发出凄厉的涛歌,沙沙的秋雨,滴在梧桐叶上,她正坐在窗下,凄影独吊。忽见门帘一动,进来一个英风满面的女子,神色露着张惶,急将桌上洋灯吹灭低声道:"凌妹真险,请你领我从你家后花园门出去,迟了他们必追踪前来!"凌峰莫名其妙的张慌着!她们冒雨走过花园的石子路,向北转,已看见竹篱外的后门了。凌峰开了后门,把她送出去,连忙关上跑到屋里,还不曾坐稳,已听见前面门口有人打门!她勉强镇定了,看看房里母亲,已经睡了,父亲还没有回来,壁上的时针正指在十点,看门的老王进来说:"外面有两个侦探要见老爷,我回他老爷没在家,他说刚才仿佛看见一个女人进了咱们的家门,那是一个革命党,如果在这里,须立刻把她交出来,不然咱们都得受连累。"凌峰道:"你告诉他并没有人进来，也许他看错了，不信请他进来搜好了。……"

母亲已在梦中惊醒，因问道："什么事？"老王把前头的话照样的回了母亲。仿佛已经料到是什么事了，因推枕起来道："快到隔壁叫李家少爷来，半夜三更倘或闹出事来还了得。"老王忙忙把李家少爷请来，母亲托他和那两个侦探交涉，……这可怕的搅骚才幸免了。

凌峰背着人悄悄将适才的事告诉了母亲，母亲不禁叹道："你姑爹姑妈死得早，可怜剩下她一个孤女……又是生来气性高傲，喜打抱不平，现在竟作了革命党，唉！若果有什么意外发生怎么办。"说着不禁垂下泪来……十二点多钟凌峰的父亲回来了，听知这消息也是一夜担心，昨夜风雨中不知她躲在什么地方？……惊惧的云幔一直遮蔽着凌峰的一家。

过了几天忽从邮局送来一封信，正是秋瑾的笔迹。凌峰的父亲忙忙展读道：

舅父母大人尊前：

囊夜自府上逃出，正风雨交作，泥泞道上，仓遑奔驰，满拟即乘晚车北去引避，不料官网密密，辛陷其中，甫到车站，已遭逮捕，虽未经宣布罪状，而前途凶多吉少，则可预臆也。但甥自幼孤露，命运厄塞，又际国家多事，满目疮痍，危神洲之陆沉。何惜性命！以身许国甥志早决矣。虽刀锯斧钺之加，不变斯衷，念皇皇华胄，又摧残于腥膻之满人手中，谁能不冲发裂眦，以求涤雪光复耶？甥不揣愚鄙，窃慕良玉木兰之高行，妄思有以报国，乃不幸而终罹法网，此亦命也。但望革命克成，虽死犹生，又复何憾？唯凤蒙舅父母爱怜，时予训迪，得有今日，罔极深恩，未报万一，一旦溘逝，未免遗恨耳！别矣！别矣！临楮凄惶，不知所云。肃叩

福安！

甥女秋瑾再拜

自从这消息传来以后，母亲整整哭了一夜。第二天父亲到处去托人求情，但朝廷这时最忌党人，虽是女流也不轻赦。等到七天以后，就要绑到法场行刑，父亲不敢把这惊人的信息告诉母亲，只说已托人求情，或者有

救，母亲每日在佛堂念佛，求菩萨慈悲，保佑这可怜的甥女。

这几天秋雨连绵，秋风瑟瑟。秋瑾被关在重牢里，手脚都上着镣铐，日夜受尽荼毒，十分苦楚。脸上早已惨白，没有颜色，她坐在墙犄角里，对着那铁窗的风雨，怔怔注视，后来她惝然吟道："秋风秋雨愁煞人！"她念完这诗句之后，紧紧闭上眼睛，有时想到死的可怕，但是她最终傲然的笑了，如果因为她的牺牲，能助革命成功，这死是重于泰山，还有比这个更好的死法吗？她想到这里，不但不怕死，且盼死期的来临。鲜红的心血，仿佛是菩萨瓶中的甘露，它能救一切的生灵，僵卧断头台旁的死尸，是使人长久纪念的。伟大而隽永……

行刑的头一天，她的舅父托了许多人情，要会她一面，但只能在铁栏的空隙处看一看，并且时间不得过五分钟。秋瑾这时脸色已变得青黄，两只眼球突出，十分惨厉可怕，她舅父从铁栏里伸进手来，握住她那铁镣银铐的手，禁不住流下泪来。秋瑾怔怔凝注他的脸，眼睛里的血，一行行流在两颊上，她惨笑，她摇头！她凄厉的说："舅舅保重！"她的心已碎了，她晕然的倒在地下，她舅父在外面顿足痛哭，而五分钟的时间，已经到了，狱吏将他带出去。

到了第二天十点钟的时候，道路上人忙马乱，卫队一行行过去，荷枪实弹的兵士，也是一队队的过去，一个个威风凛凛，杀气蒸腾，杀一个人，究竟怎么一种滋味？呵！这只有上帝知道。

几辆囚车，载着许多青年英豪志士，向刑人场去，最后一辆车上，便是那女英雄秋瑾。凌峰远远的望见，不禁心如刀割，呜咽的哭了。街上看热闹的人，对于这些为国死难的志士，有的莫名其妙的说："这些都是革命党？"有的仿佛很懂得这事情的意味的，只摇着头，微微叹道："可怜！"最后的囚车的女英雄出现了，更使街上的人惊异："女人也作革命党，这真是破天荒的新闻！"

这些英雄，一刹那间都横卧在刑人场上，他们的魂魄，都离了这尘浊的世界了。秋瑾的尸骸，由她舅父装殓后，便停在普救寺里。

过了不久，革命已告成功，各省都悬上白布旗帜，那腥膻的满洲人，都从贵族的花园里，四散逃亡，皇帝也退了位，这些死难的志士，都得扬眉吐气，各处人士都来公祭黄花岗七十二烈士。秋瑾尤是其中一个努力的志士，因公议把她葬在西湖，使美妙的湖山，更增一段英姿。

凌峰想到这里，再看看眼底的景物，但见荒草离离，白杨萧萧；举首天涯，兵锋连年，国是日非，这深埋的英魂，又将何处寄栖！那里是理想的共和国家？她由不得悲绪潮涌，叩着那残碑断碣，慨然高吟道：

枫林古道，荒烟蔓草，
何处赋招魂！
更兼这——
秋风秋雨愁煞人！
……

她正心魂凄迷的时候，舟子已来催上道，凌峰懒懒出了枫林，走到湖边，再回头一望，红蓼鲜枫，都仿若英雄的热血。她不禁凄然长叹，上了小船。舟子洒然鼓桨前进，不问人是何心情，他依然唱着小调，只有湖上的斜风细雨，助她叹息呢！

玫瑰的刺

当然一个对于世界看得像剧景般的人，他最大的努力就是怎样使剧景来得丰富与多变化，想使他安于任何一件事，或一个地方，都有些勉强。我的不安于现在，可说是从娘胎里带来的，而且无时无刻不想把这种个性表现在各种生活上，——我从小就喜欢飘萍浪迹般的生活，无论在什么地方住上半年就觉得发腻，总得想法子换个地方才好，当我中学毕业时虽然还只有十多岁的年龄，而我已开始撇开温和安适的家庭去过那流浪的生活了。记得每次辞别母亲和家人独自提着简单的行李奔那茫茫的旅途时，她们是那样的觉得惘然惜别，而我呢，满心充塞着接受新刺激的兴奋，同时并存着一肩行李两袖清风，来去飘然的情怀。所以在一年之中我至少总想换一两个地方——除非是万不得已时才不。

但人间究竟太少如意事，我虽然这样喜欢变化而在过去的三四年中，我为了生活的压迫，曾经俯首帖耳在古城中度过。这三四年的生活，说来太惨，除了吃白粉条，改墨卷，作留声机器以外，没有更新鲜的事了。并且天天如是，月月如是，年年如是。唉！在这种极度的沉闷中，我真耐不住了。于是决心闯开藩篱，打破羁勒，还我天马行空的本色，狭小的人间世界，我不但不留意了，也再不为它的职权所屈伏了，所以在过去的一年中，我是浪迹湖海——看过太平洋的汹涛怒浪，走过繁嚣拥挤的东京，流连过西湖的绿漪清波。这些地方以西湖最合我散荡的脾味，所以毫不勉强的在那里住了七个多月，可惜我还是不能就那样安适下去，就是这七个月中我也曾搬了两次家。

第一次住在湖滨——那里的房屋是上海式的鸽子笼，而一般人或美其名叫洋房。我们初搬到洋房时，站在临湖的窗前，看着湖中的烟波，山上的云霞，曾感到神奇变化的趣味，等到三个月住下来，顿觉得湖山无色，烟波平常，一切一切都只是那样简单沉闷，这个使我立刻想到逃亡。后来花了两天工夫，跑遍沿湖的地方，最终在一条大街的弄堂里，发现了一所颇为幽静的洋房；这地方很使我满意，房前有一片苍翠如玉的桑田，桑田背后漾着一湾流水。这水环绕着几亩禾麦离离的麦畦；在热闹的城市中，竟能物色到这种类似村野的地方：早听鸡鸣，夜闻犬吠，使人不禁有世外桃源之想。况且进了那所房子的大门，就看见翠森森一片竹林，在微风里摇掩作态，五色缤纷的指甲花，美人蕉，金针菜，和牵牛，木槿，都历历落落布满园中，在万花丛里有一条三合土的马路，路旁种了十余株的葡萄，路尽头便是那又宽畅又整洁的回廊，那地方有八间整齐的洋房，绿阴阴的窗纱，映了竹林的青碧，顿觉清凉爽快。这确是我几年来过烦了死板和繁嚣的生活，而想找得的一个休息灵魂的所在。尤其使我高兴的是门额上书着"吾庐"两个字；高人雅士原不敢希冀，但有了正切合我脾味的这个所在，谁管得着是你的"吾庐"，或他的"吾庐"？暂时不妨算是我的"吾庐"。我就暂且隐居在这里，何尝不算幸运呢？

在"吾庐"也仅仅住了一个多月，而在这一个多月中，曾有不少值得记忆的片段，这些片段正像是长在美丽芬芳的玫瑰树上的刺，当然有些使接触到它的人们，感到微微的痛楚呢！

一　捉贼

当我们初到一个地方——一个陌生的地方，容易感到兴趣，但也最容易感到一种莫名其妙的疑惧，好像对于一个初次见面的朋友，多少总有些猜不透的感想。

当天我们搬到"吾庐"来——天气正是三伏，太阳比火伞还要灼人，大地生物都蒸闷得抬不起头来。我们站在回廊下看那些劳动的朋友们，把东西搬进来，他们真够受，喉咙里想是冒了火，口张着直喘气，额角上的青筋变成红紫色，一根根的隆起来。汗水淋着他们红褐色的脸，他们来往搬运了足足有二十多趟，才算完事。他们走后，我同建又帮着叶妈收拾了大半天，不知不觉已近黄昏了——这时候天气更蒸闷，云片呆板着纹丝不动，像一个严肃无情的哲人面孔。树木也都静静的立着，但是那最容易被风吹动，发出飒飒声音的竹叶，也都是死一般的沉寂。气压非常低，正像铅块般罩在大地上。这时候真不能再工作，那些搬来的东西虽只是安排了个大体，但谁真也不想再动一下，我们坐在回廊的石栏杆上，挥动大芭蕉叶，但汗依然不干。

吃过晚饭时，天空慢慢发生了变化。不知从哪里来了一股不合作的气流,这一冲才冲破了天空的沉闷。一阵风过,竹叶也开始歌唱起来,哗哗飒飒的声响,充满了小小的庭园。忽然一个巨大的响声,从围墙那里发出来,我们连忙跑去看,原来前几天连着下雨,土墙都霉烂了。这时经过大风,便爽性倒塌了。——墙的用处虽然不大,但总强似没有。那么这倒了半边的墙,多少让我们有点窘;墙外面是隔壁农人家里的场院,那里堆了不少的干草,柳荫下还拴着一头耕田的黄牛。"呵,这里多么空旷,今夜要提防窃贼呢!"我看到之后不由对建和自己发出这样的警告。建也有同感,他皱紧眉头说:"也许不要紧,因为这墙外不是大街,只是农人的家,他们都有房产职业,必不致作贼。再说我们也是穷光蛋,……不过倘使把厨房里的锅和碗都偷去,也就够麻烦的。""是呵,我也有点怕。"我说。

"今夜我们留心些睡,明天我去找房东喊他派人来修理好了。"建在思索之后,这样对我说。这事情就这样解决了,大家都安然回到屋子里去。

"新地方总有些不着不落的。"我独自低语着。恰巧一眼又看到窗外黑黝黝的竹林,和院子中低矮而浓密的冬青树,这样幽怪的场所,——陡然使我想到一个眼露凶焰，在暗陬里窥望着我们的贼，正躲藏在那里。"唉呀！"我竟失声的叫了出来。建和同搬来的陈太太都急忙跑来问是见了什么？

我不禁脸红，本来什么都没见，只是心虚疑神疑鬼罢了。但偏像是见了什么，这简直是神经病吗！承认了究竟有点不风光。只好撒谎说是一只猫的影子从我面前闪过，不提防就吓得叫起来了。这算掩饰过了，不过这时更不敢独自个坐在屋里，只往有人的地方钻。

晚上睡觉的时候，也是抱着满肚子鬼胎的，不住把眼往黑漆的角落里望，很怕果真是见到什么。但越怕越要看，而越看也越害怕。最上的方法还是闭上眼，努力的把思想用到别方面去，这才渐渐的睡熟了。

在梦中也免不了梦到小贼和鬼怪一类可怕的东西。

恍惚中似有一只巨大的手，从脑后扑来，撼动我的头部。"糟了！"我喊着。心想这一来恐怕要活不成，我拼命的喊叫"救命！"，但口里却发不出声音来，莫非声带已被那只大手掐断了吗？想到这里真想痛哭。隐隐听见有人在叫我的名字，我用力的睁开两眼一看，原来是建慌张的站在我面前，他的手正撼动着我的头部——这就是我梦中所见到的大手。但时候已是深夜，他为什么

不睡却站在这里。而且电灯也不开,我正怀疑着,只听他低声说:

"外面恐怕来了贼!"

"真的吗,你怎么晓得?"我问。

"我听见有人从瓦上走过的声音,像是到我们的厨房里去了。""呀!原来真有人来偷我们的碗吗。"我自心里这么想着,但我说不出话来。只怔怔的看着建,停了一会儿,他说:

"我到外面看看去。"

"捉贼去吗?这是危险的事,你一个人不行,把陈喊起来吧!"我说。——陈是我们的朋友,他和夫人也住在我们的新居里,他是有枪阶级,这年头枪是好东西,尤其捉贼更要借重它。建很赞同我的提议,然而他有些着慌,本打算打开寝室的门,走过堂屋去找陈!而在慌忙中,门总打不开。窗外的竹林飒飒的只是响,颓墙上的碎瓦片又不住花花的往下落,深夜寂静中偏有这些恼人心曲的声响,使我更加怕起来。但为了建的缘故,我只得大着胆子走向门边帮他开门;其实那门很容易开,我微微用力一拧,便行了,不知建为什总打不开,这使得我们都有些觉得可笑。他走到陈的住房门口敲门,陈由梦中惊醒问道："什么事呀？"

"你快点起来吧！"陈听了这话，便不再问什么，连忙开了房门，同时他把枪放在衣袋里。

"我们到院子里看看去，适才我听见些声响！"建说。

"好，什么东西，敢到这里来捣乱！"陈愤然的说。

陈的马靴走在地板上，震天作响，我听见他们打开堂屋的门走出去了。我两眼望见黑黝黝的窗外不禁怕起来，倘使贼趁他俩到外面去时，他便从前面溜进来，那怎么好？想到这里就打算先把房门关上，但两条腿简直软到举不起。于是我便作出蠢得令人发笑的事情来，我把夹被蒙住头，似乎这样便可以不怕什么了。

担着心，焦急的等待他们回来，时间也许只有五分钟，而我却闷出了一身大汗，直到建进来，我才把头从被里伸出来。

"怎么样看见贼了吗？"我问。

"没有！"建说。

"你不是说听见有人走路的声音吗？"我问。

"真的，我的确是听见的，也许我们出去时，他就从缺墙那里逃去了！"建说。

"不是你做梦吧？"我有些怀疑，但他更板起面孔，一本正经的说道："没有的话，我明明听见的，我足足听了两三分钟，才叫你醒来的。"

"园子里到处都看过了吗？莫非躲在竹林子里吗？"我说。

"绝对没有，我同陈到处都看过了，竹林里我们看过两次什么都没有看到，除了一只黑猫！"建说。

"没有就是了！……不然捉住他又怎样对付呢？"我说。

"你真傻，这有什么难办，送到公安局去好了！"建说。

"来偷我们的贼，也就太可怜，我们有什么可偷？偷不到还要被捉到公安局去，不是太冤了吗？"我说。

"世界上只有小贼才是贼，至于大贼偷名偷利，甚至于把国家都偷卖了，那都是人们所崇拜的大人物，公安局的人连正眼都不敢觑他一觑呢！"建说。

你几时又发明了这样的真理！

建不禁笑了，我也笑了，捉贼的一幕，就这样下了台。

二 池 旁

这所新房子里，原来还有一个小小的池塘，在竹林

曼丽

的前面的墙角边,今天下午我们才发现。池塘中的水似乎不深,但用竹篙子试了试以后,才晓得虽不深,也有八九尺,倘若不小心掉下去,也有淹死的可能呢!

沿着池塘的边缘,石缝中,有几只螃蟹在爬着,据叶妈说里面也有三四寸长的小鱼——当她在那里洗衣服时,看见它们在游泳着。这些花园,池塘,竹林,在我们住惯了弄堂房子的人们从来只看见三合土如豆腐干大小的天井的,自然更感到新鲜有生机了。黄昏时我同建便坐在池塘的石凳上闲谈。

正在这时候门口的电铃响了一阵,我跑去开门,进来了两位朋友,一个瘦长脸上面有几点痘瘢的是万先生,另外一位也是瘦长脸,但没有痘瘢,面色比较近褐色的是时先生。

万先生是新近从日本回国,十足的日本人的气派,见了我们便打着日语道"シバラクテシタ"(意思是久违了)。我们也就像煞有介事的说了一声"イラッシセィ"(意思是欢迎他们来),但说过之后,自己觉得有点肉麻,为什么好好的中国人见了中国人,偏要说外国话?平常听见洋学士洋博士们和人谈话,动不动夹上三两句洋文,便觉得头疼,想不到自己今天也破了例,洋话到底是现代的时髦东西咧！

说到那位时先生虽不曾到过外洋，但究竟也是二十世纪的新青年，因此说话时夹上两三个英文名词，也是当然的了。

我们请他们也坐在池塘旁的石凳上。

——这时我的思想仍旧跑到说洋话的问题上面去：据我浅薄的经验，我永不曾听见过外国人互相间谈话曾引用句把中文的，为什么我们中国人讲中国话一定要夹上洋文呢？莫非中国文字不足表达彼此间的意思吗？——尤其是洋学士大学生们——当然我也知道他们的程度是强煞一般民众，不过在从前闭关时代，就不见得有一个人懂洋文，那又怎么办呢？就是现在土货到底多过舶来品，然则这些人永远不能互相传达思想了，可是事实又不尽然——难道说，说洋话仅仅是为了学时髦吗？"时髦"这个名词究竟太误人了，也许有那么一天，学者们竟为了"时髦"废除国语而讲洋文……那个局面可就糟！简直是人不杀你你自杀，自己往死里钻呵！……

我只呆想着这些问题，倒忘记招呼客人，还是建提醒说："天气真热，让叶妈剖个西瓜来吃吧？"

我到里面吩咐叶妈拿西瓜，同时又拿了烟来。客

曼丽

人们吸着烟,很悠闲的说东谈西,万先生很欣赏这所房子,他说这里风景清幽,大有乡村味道,很合宜于一个小说家,或一个诗人住的。时先生便插言道:

"很好,这里住的正是一位小说家,和一位诗人!"

我们对于时先生的话,没有谦谢,只是笑了一笑。

万先生却因此想到谈讲的题目,他问我:

"女士近来有什么新创作吗?我很想拜读!"

"天气太热,很难沈住心写东西,大约有一个多月,我不曾提笔写一个字。听说万先生近来很译些东西,是哪一个人的作品?"我这样反问他。

"我最近在译日本女作家林芙美子的《放浪记》,这是一篇轰动日本现代文坛的新著作……"万先生继续着谈到这一位女作家的生平……

"真的,这位女作家的生活是太丰富了,她当过下女,当过女学生,也当过戏子,并且嫁过几次男人。……我将来想写一篇关于她的生活的文章,一定很有趣味!"

叶妈捧着一大盘子的西瓜来了,万先生暂时截断他的话,大家吃着西瓜,渐渐天色便灰黯起来。建将回廊下的电灯开了,隐隐的灯光穿过竹林,竹叶的碎影,筛在我们的襟袖上,大家更舍不得离开这地方。池塘旁的青蛙也很凑趣，它们断断续续的唱起歌来，万先生又继续他的谈话：

"林芙美子的样子、神气，和不拘的态度都很像你。"他对我这样说。

"真的吗？可惜我在日本的时候没有去看看她，……我觉得一个人的样子和神气都能相像，是太不容易碰到的事情，现在居然有，……我倘使将来有机会再到日本去，一定请你介绍我见见她。……"

"她也很想见你。"万先生说。

"怎么她也想见我？……"我有些怀疑的问他。

"是的，因为我曾经和她谈过你，并且告诉她你在东京，当时她就要我替她介绍，但我在广岛，所以就没有来看你。"

谈话到了这里，似乎应当换个题目了，在大家沉默几分钟之后，我为了有些事情须料理便暂时走开。他们依然在那里谈论着，当我再回到池塘旁时，他们正在低声断续的谈着。

"喂，当心，拥护女权的健将来了！"建对我笑着说。

"你们又在排揎女子什么了？"

"没有什么，我们绝不敢……"时先生含笑说。

"哼，没有什么吗？你们掩饰的神色，我很看得出，正像说'此地无银三百两'，不是辩解，只是口供罢了！"

这话惹得他们全哈哈的笑起来，万先生和时先生竟有些不大好意思，在他们脸上泛了点微笑。

"我们只是讨论女性应当怎样才可爱？"万先生说。

"那为什么不讨论男性应当怎样才可爱呢？"我不平的反驳他们。

"本来也可以这样说。"万先生说。

"不见得吧！你们果真存心这样公平也就不会发生以上的问题了！"我说。

"不过是这样，女性天生是占在被爱的地位上，这实在是女性特有的幸福，并不是我们故意侮辱女性！"时先生说。

"好了，从古到今女子只是个玩物，等于装饰品一类的东西，……这是天意，天意是无论如何要遵从的；不过你们要注意在周公制礼作乐之前，男女确是平等的呢！"

"其实这都不成问题。我们不过说说玩笑罢了！"万先生说。

他们脸上，似乎都有些不自然的表情，我也觉得不好深说下去，无论如何，今天我总是个主人，对于一个客人，多少要存些礼貌。——我们正当词穷境窘的时候，叶妈总算凑了趣，她来喊我们去吃饭。

三　小小的猜忌

我们的新家，不断的有客来，——最近万先生因为喜欢这里的环境好，他就搬到我们的厢房里住着，使这比较冷静的小家庭顿然热闹起来。每天在午饭后，我们多半齐集在客厅里谈谈笑笑，很有意思，并且时先生也多半要来加入的。

有一天，天色有些阴黯，但仍然闷热，我们都不想工作，万先生虽比我们吃得苦，不管汗怎么流，他还伏在桌旁译他的文章，不过也只写了三五行，便气喘着到客厅里来，人人都有些倦，谈话也不起劲。正在这时，听见铃响，门响，最后是许多细碎的高跟皮鞋走在石子路的声响。我们知道有客来，然而想不起是谁，好奇心驱逐着我，离开沙发走到门口去欢迎。纱门打开后只见时先生领着两位时髦的小姐，走了进来。——这两位小姐都是摩登式的，但一个是带有东方美人的姿态，长发掠得光光的披垂在肩上,身着水绿色镶花边的长旗袍,脚上穿着黑色的带钻花的漆皮鞋,长筒肉色丝袜,态度称得起温柔婉媚,只是太富肉感,同时就不免稍嫌笨重。至于哪一位呢,面容是比较清瘦,但因为瘦,所以脖颈就特别显长,再穿上中国化的西装,胸部的上端完全露在外面,更使人觉得瘦骨如柴的可怜了,她也是穿的黑皮鞋,肉色长筒袜,但是衣服是鲜艳的桃色。时先生呢,还是穿的他那件已经旧了的白色夏布大衫。"究竟女子是被人爱的",我莫明其妙的又想到这句话,神情呆板的忘却招呼这两位尊贵的来客,而客人竟来和我行握手礼。我有些窘,连忙问好,又请她们坐,仿佛在云端里似的忙乱了一阵。

这两位客人,绝不是初会,所以彼此间谈到别后的情形,竟至滔滔不绝,这一来把万先生和时先生都冷落在一旁,但我觉得他们也还感兴趣,大约这又是两位摩登小姐的魔力了。

天将近黄昏了,西北方的阴云更积得厚起来,两位小姐便站起来告辞,我当然要挽留她们再坐一坐,不过快到夜饭的时候了,家里没有留客吃饭的菜,也不敢着实的留住她们。而万先生和时先生挽留她们的态度就比我诚恳多了。两位小姐就允许明天早些来同我们玩个整天。

客人走后,我们仍旧回到客厅里来。

"你们看这两位小姐够得上几分?建!"万先生说。

"你们说说看。"建不曾具体答复。

"我说那位胖些的芝小姐还不错,可以得个七十五分,菡小姐呢,太瘦了,并且背似乎还有些驼,最多只得六十五分。"时先生这样批评。

"我觉得她们都很平常,大概也只能得这个分数吧!"建沉思后这样说了。

万先生听见他两人的谈话,似乎有些不平,他很起劲的站起来,走到放在房中间的圆桌旁,倒了一杯茶喝过之后说:

"我的意思和你们两位正相反,我觉得菡小姐比芝小姐好,芝小姐那么胖,只能给人一些肉的刺激。菡小姐却有一种女性的美,眉梢眼角很有些动人处。"

"当然你是情人眼里出西施呀!"时先生似开玩笑似讥讽的说:"你们不晓得万先生对于菡小姐是一见倾心,他屡次在我面前夸奖她呢!"

"这真笑话,我老万何至于那么无聊!"万先生说。

"你何必说那样的撇清话呢,这个年头谁没有一两件浪漫事儿呢?"时先生打趣般的说。

"好了,老时你为什么不说说你自己的浪漫史呵!"万先生报复的说。

"万先生和时先生本来是很好的朋友,你们彼此间的浪漫史,自然谁也不必瞒谁,何妨说出来给我们听听呢?"我说。

"你们不晓得老时从前有许多爱人,就是那位玉小姐他也曾爱过。"万先生说。

"既是有过爱人怎么不爱到底呢?"建问。

"大约玉小姐又有了新欢吧?……这个年头的小姐们真不容易对付,因为恋爱不知害了多少好青年?"万先生说。

"不过恋爱到底是富于活跃的生命的,无论怎么可怕,我还是要爱,只可惜现在没有相当的对象,喂,你们也替我帮帮忙呵!"时先生说。

"你是不是想向芝小姐进攻?"万先生问。

"那也不一定……你呢?……不过你已经有了老婆,当然用不着了。"

"哦,万先生已经结过婚吗?……那真有点不对,前天晚上，你还要我替你介绍一个老婆，我幸喜还没替你进行！……"万先生本来说他需要一个老婆，我以为他不曾结婚呢，时先生今夜无意中泄漏了他的秘密，我又责问他；自然他大不高兴，但他也不好说什么，只是无精打采的沉默着。

一个小小猜忌的根芽就在这时候种下了。

第二天我们伴着两位小姐去游湖，划子到岳王庙时，我们上了岸，到附近的杏花村去吃饭。

杏花村是一个很有幽趣的所在，小小的园子里有几座灵巧的亭子，我们就在西南的那一个亭子里坐下。伙计在那铺着白色的台布上安放了象牙箸，银匙，酒杯，随后就端了几盆时鲜的雪藕和板栗来。

在吃栗子的时候，万先生剥了一个送到菡小姐的面前说："请吃一个！"

"老万又要碰钉子了！"时先生插嘴说。

果然菡小姐将栗子送了回来说："万先生请自己吃，我们虽是弱者，但剥栗的力量还有。"

"哈哈……"全桌的人都笑了。

万先生真不好意思，由不得迁怒到时先生身上：

"老时你何必专门敲边鼓！"

时先生不说什么，只是笑。万先生也沉默起来，而那两位小姐却高谈阔论得非常起劲。

今夜大家都喝了些酒。时先生格外高兴的同两位小姐攀谈着，只有万先生一声不响的望着湖水出神。

"老万！怎么不说话，莫非见景生情，想到日本的情人吗？"时先生似挑拨般的说。

"真怪事，我老万有没有情人想不想情人，与你老兄有什么关系？何必这样和我过不去！"万先生真有些气愤了。

为了他俩的猜忌，我们也没了兴致。

在回来的路上，建如有所感的对我说：

"女人究竟是祸水，为了一个女人，可以亡国，可以破家，当然也可以毁了彼此间的友谊！何况小小的猜忌！"

四　一阵暴风雨

吃过午饭后建出去看朋友。

万先生陈太太和我都在客厅里坐着。不久时先生也来了，今天那两位小姐还要来——我们就在这里等候她们。

始终听不见门上的电铃响，时先生和我们都在猜想她们大概不来了。忽然沉默的陈太太叫道："客人来了！

客人来了！"万先生抢先的迎了出去，一个面生的女客提着一个手提箱，气冲冲的走了进来：

"这里有没有一位张先生？"

"有。但是他出去了。"

"什么时候回来？"

"那我们不清楚！……您贵姓？"万先生问她。

"我吗？姓张。"

"是张先生的亲眷吗？从哪里来？"

"是的，我从上海来！"

万先生殷勤的递了一杯茶给她，她的眼光四处的溜着神气不善，我有些怀疑她的来路，因悄悄的走了出来，并向万先生和时先生丢了一个眼色。他们很机警，在我走后他们也跟了出来。

"你们看这个女人是什么路道？"我问。

"来路有点不善，我觉得，……你同张先生很熟，大约总有点猜得出吧！"

张先生是我一个很好的朋友，他最近也搬到此地来住。他是一个好心的人，不过年轻的时候，有些浪漫，我曾听他说，当他在上海读书的时候，曾被一个咖啡店的侍女引诱过，——那时他住在学校附近的一所房子的

曼丽

三层楼上。有一天他到咖啡店里去吃点心，有一个女招待很注意他，——不过那个女招待样子既不漂亮，脸上还有历历落落的痘瘢，这当然不能引起他的好感。吃过点心后他仍回到家里去。

过了一天，他正在房里看书，只见走进一个女子——这突如其来的不速之客当然使他不由得吃惊，不过在他细认之后，就看出那女子正是咖啡店里注意他的侍女。

"哦，贵姓张吗？……请将今天的报借我看看。"

张先生把报递给她，她看过之后，仍旧坐着不动。

当然张先生不能叫她走，便和她谈东说西的说了一阵，直到天黑了她才辞去。

第二天黄昏时，她又来找张先生，她诉说她悲苦的身世，张先生是个热心肠的人，虽不爱她，却不能不同情她没有父母的一个孤苦女儿，——但天知道这是什么运命，这一天夜里，她便住在张先生的房里。

这样容易的便发生关系，张先生不能不怀疑是上了当，因此第三天就赶紧搬到他亲戚家里去了。

几个月之后，那个女子便来找他，在亲戚家里会晤这样一个咖啡店的侍女，究竟不风光，因此他们一同散步到徐家汇那条清静的路上去。

"你知道，我现在已经发觉生理上起了变化。"她说。

"什么生理上起了变化？我不懂你的意思！"但张先生心里也有点着慌，莫非说，就仅仅那夜的接触，便惹了祸吗？……

"怎么你不懂，老实告诉你吧，我已经怀了孕。"

"哦！"张先生怔住了。

"现在我不能回到咖啡店去，我又没有地方住，你得给我想想法子。"她说。

张先生心里不禁怦怦的跳动，可怜，这又算什么事呢？从来就没想和这种女人发生关系，更谈不到和她结婚，就不论彼此的地位，我对她就没有爱，但竟因她的诱引，最后竟得替她负责！……

张先生低头沉思着，一句话也说不出。

"你怎么不响？……我预备明天就搬出咖啡店，你究竟怎么对付我？"

"你不必急，我们去找间房子吧！"

总算房子找到了，把她安置好，又从各处筹了一笔款给了她，张先生便起身到镇江去作事。

两个月以后她来信报告说已经生了一个女孩。

这使张先生有点觉得怪，怎么这么快？不到六个月便生了一个女孩，……但究竟年轻，不懂得孩子到底可否六个月生出？因脸皮薄，又不好对旁人讲。

张先生从镇江回来时曾去看她，并且告诉她将要回到北方的家里去。

"你不能回去，要走也得给我一个保障！"那女子沉思后毅然决然的说。

"什么保障？"张先生慌忙的问。

"就是我们正式结了婚你再走！"那女子很强硬的要求。

"那无论如何办不到！我已经定过婚。"张先生说。

"定过婚也没有关系，现在的人就是娶两个妻子并不是奇事，而且我已经是这个光景，怎能另嫁别人？"

"无论你的话对不对，我也得回去求得家庭的许可才是！"

"好吧，我也不忍使你为难，不过至少你得写一张婚书给我，不然你是走不得的。"

张先生本已定第二天就走，船票已经买好，想不到竟发生这些纠葛。"好吧！"张先生说："你一定要我写，我就写一张！"

于是他在一张粗糙的信笺上写了：

"为订婚事，张某与某女士感情尚称融洽，订为婚姻，俟张某在社会上有相当地位时，再正式结婚……"

这么一张不成格式的婚书总算救了张先生的急。

张先生回到北方去后，才晓得那个孩子并不是他的；过了两个月孩子因为生病死了。张先生的责任问题，很自然的解除了。从那时起张先生便和那女子断绝了关系，不知怎么今天她又找了张先生来。……

我同万先生和时先生正谈讲着，那位女客竟毫不客气的，走了进来。

"张先生究竟什么时候回来？"

万先生道："那说不定，这里是一个姓陈的军官的房子，我们都是客人。……"

"军官吗，军官我也不怕！"那女子神经过敏的愤怒起来。

"哦，我并没有说你怕军官，事实是如此，我只把事实告诉你……你不是找张先生吗？……但这里也不是张先生的房子，他也只是借住的客人！"万先生有些不高兴的说。

那女客没有办法又回到客厅里去，万先生和时先生也跟了进去。

"我从早晨六点钟从上海上车到此刻还没有吃东西，叫娘姨替我买碗面吃。"她说。

"她真越来越不客气，大有家主妇的神气，"万先生自心里想，但不好拒绝她，便喊娘姨来。可是娘姨的眼光是雪亮的，这种奇怪的女客没得主人的命令，她们是不轻易受支配的。

一个新来的湖南娘姨走了进来。

"万先生喊我什么事？"她说。

"你去给买一碗面来，这位女客要吃！"

"我是新来的，不晓得那里有面卖。而且我正哄着小妹妹呢，你叫别个去吧！"她说完头也不回的走了。万先生无故的碰了一个钉子，正在没办法的时候，门口响着马靴的声音，军官陈先生回来了。

这位陈军官是现代的军人，他虽穿着满身戎装，但人却很温文客气。

"好了，陈先生回来了，您有什么事尽可同陈先生说，他是这里的主人……"万先生对那个女子说。

"陈先生您同张先生是朋友吧！"她问。

"不错，我们是朋友，"陈先生说。

"那就好办了,唉,张先生太不漂亮了,为什么躲着不见我!"女子愤然的说。

"女子同张先生也是朋友吗?几时认识的?"陈先生问。

"我们呀也可以说是朋友,但实际上我们的关系要在朋友以上哩!"

"那么究竟是哪种关系呢?……怎么我从来没听张先生说过。"

"这个你自己去问张先生,自然会明白的。"

"那且不管他,只是女士找张先生有什么事?……张先生也是初搬到这里暂住,有时他也许不回来,……我看女士无论有什么事告诉我,我可以替你转达好吧!"

"不,我就在这里等他,今天不回来明天总要回来了!"女子悍然的说。

"但是女士在这里究竟不便当呵。"

"也没有什么不便当,我今夜就在这里坐一夜,再不然就在院子里站一夜也不要紧!"

"女士固然可以这么作,可是我不好这样答应,不但对不起女士,也对不起张先生的。我想女士还是把气放平些,先到旅馆里去,倘使张先生回来了,我叫他去看你,有什么问题你们尽可从长计议,这样不是两得其便吗？"陈先生委婉的说。

"但是我一个孤身女子住旅馆总不便当，而且我们上海也有许多亲戚朋友，说来不好听。"陈先生听见那女子推辞的话不禁冷笑了一声，正在这时候门外又走进两位女客，正是我们所期待的芝小姐与菡小姐了。她们走进来看了这位面生的女客，大家都怔住不响。

"我想女士还是先到旅馆去吧，一个女子住旅馆并不算希奇的事，你看这两位小姐不也是住在旅馆里吗？"陈先生指着芝小姐和菡小姐说。

"不过她们是两个人呵！"她说。

"住旅馆有什么要紧，我在上海时还不是一个人住旅馆，像我们这种离家在外求学的人，不住旅馆又住在什么地方？没有关系的……"

"是呵，难道说她们两位住得，女士就住不得？……而且我这里还有熟识的旅馆可以送女士去。"

最后女子屈伏了："好吧，我就到旅馆去。"她说。
"不过倘张先生不到旅馆来见我，我明天还是要来的。"她说。

"我想张先生再不会不见你的，放心好了！"陈先生说。

陈先生同着这位女客走了,一阵暴风雨也就消散了。

"你们猜要发生什么结果?"菡小姐说。

"不过破费几个钱,把那张婚书拿回来就完,还有什么大不了的事?"万先生说。

"对了,我看她的目的也不过要敲一笔竹杠而已。"

——这小庭园里一切都恢复了原状,正如暴风雨过后的晴天一样恬适清爽。

五 她

这几天我正在期待着一个朋友的来临,果然在一天的黄昏时她来了。

——我们不是初见,但她今夜的丰度更使我心醉,一个脸色润泽而体态温柔的少妇,牵着一只西洋种的雄狗,款步走进来时,使我沉入美丽的梦幻里,如钩的新月,推开鱼鳞般的云,下窥人寰,在竹林的罅隙间透出一股清光,竹叶的碎影筛在白色的窗幔上,这一切正是大自然所渲染出最优美的色与光。

我站在回廊的石阶旁边迎接她,我们很亲切的行过握手礼。她说:"我早就想来看你,但这几天我有些伤风,所以没有来。"

那只披着深黄色厚裘的聪明的小狗,这时正跟在它主人的身傍,不住的嗅着。

Coming这是小狗的名字,当它陡然抛开女主人跑向园角的草丛时,女主人便这样的叫唤它。真灵,它果然应声跳着窜着来了。我们就在廊下的藤椅上坐下。

成群的萤火虫,从竹林子里飞出来,像是万点星光,闪过蔚蓝色的太空,青蛙开始在池旁歌唱了。"这里景致真好!"她赞美着。

"以后你来玩,好不?"我说。

"当然很好,只是我不久便打算到北平去!"

"作什么去?……游历吗?"

"也可以算作游历……许多人都夸说北平有一种静穆的美,而且又是中国文化的中心地点,所以我很想到北平去看看,同时我也想在那边读点书。"

"打算进什么学校?"

"我想到艺术学院学漫画。"

"漫画是二十世纪的时髦东西咧!"我说。

"不,我并不是为了时髦才学漫画,我只为了方便经济……你知道像我这样无产阶级的人,学油画无论如何是学不起,……其实我也很爱音乐,但是这些都要有些资本……所以我到如今颇后悔当初走错了路，我不应当学贵族们用来消遣的艺术。"

"你天生是一个爱好艺术，富于艺术趣味的人，为什么不当学艺术？"

"但是一切的艺术都是专为富人的，所以你不能忘记经济的势力。"

"的确这是个很重要的前提。"

我们谈话陡然停顿了，她望着那一片碧森森的翠竹沉思，我的思想也走入了别一个区域。——

真的，我对她有一种莫名其妙的同情与好感，也许是因为把她介绍给我的那一位朋友，给我的印象太好，——那时我还在北平，有一天忽然接到一封挂号信，信的字迹和署名对我都似乎是太陌生，我费很久的思索，才记起来，——是一年前所结识一位姓黎名伯谦的朋友——一个富有艺术趣味的青年，真想不到他此时会给我写信，我在下课的十分钟休息时间中，忙忙把信看了；里面有这样的一段：

"我替你介绍一个同志的好朋友，她对于艺术有十分的修养，并且其人丰度潇洒，为近今女界中不多见的人材，倘使你们会了面一定要相见恨晚了，她很景慕北平

曼丽

的文风之盛，也许不久会到北平去。……"

我平生就喜欢丰度潇洒的人，怎么能立刻见到她才好，在那时我脑子里便自行构造了一种模型。但是我等了好久，她到底不曾到北平来，暑假时我也离开北平了。

去年冬天，我从日本回来时，住在东亚旅馆里，在一天夜里，有三位朋友来看我，——一个男的两个女的，其中就有一个是我久已渴慕着要见的她。

——一个年轻而丰度飘逸的少女，坐在我对面的沙发上，身上穿了一件淡咖啡色西式的大衣，衣领敞开的地方，露出玫瑰红的绸衫，左边的衣襟上，斜插着一朵白玫瑰。在这些色彩调和的衣饰中，衬托着一张微圆的润泽的面孔，一双明亮的眼瞳温和的看着我，……这是怎样使人不易消灭的印象呵，但是我们不曾谈过什么深切的话，不久他们就告辞走了。

春天，我搬到西湖来，在一个温暖的黄昏里，我同建在湖滨散着步，见对面走来一对年轻的男女——细认之后原来正是她同她的爱人，我们匆匆招呼着，已被来来往往的人影把我们隔断了。

从此我们又彼此不通消息，直到一个月以前，她同爱人由南方度过蜜月再回杭州来，我们才第二次正式的会面。他们打算在杭州常住,因此我们便得到时常会面的机会。——

"你预备几时到北平去呢?"在我们彼此沉默很久之后我又这样问她。

"大约在一个星期之后吧。"

"时间不多了,此次分别后又不知什么时候再能聚会……希望你在离开杭州以前再到我这里来一次吧!"

"好,我一定来的,你下半年仍住在杭州吗?这里真是一个好地方,不过太住久了也没有什么意思,到底嫌太平静单调,你觉得怎样?"

"不错,我也就这样的感觉着了。所以我下半年大约要到上海去,同时也是解决我的经济问题!"

"唉,经济问题——这是个太可怕的问题呢,我总算尝够了它的残酷,受够了它的虐待……你大约不明白我过去的生活吧!"

"怎么?你过去的生活……当然我没有听你讲过,但是最近我却听到一些关于你的消息!"

"什么消息?"

"但是我总有些怀疑那情形是真的,……他们说你在和你的爱人结婚以前,曾经和人订过婚!"

"唉，我知道你所听见不仅仅是这一点，其实说这些话的人恐怕也不见得十分明白我的过去，老实说吧，我不但订过婚而且还结过婚呢！"

她坦白的回答，使我有些吃惊，同时还觉得有点对她抱愧，我何尝不是听说她已结过婚，但我竟拿普通女子的心理来揣度她，其实一个女子结了婚，因对方的不满意离了婚再结婚难道说不是正义吗？为什么要避讳——平日自己觉得思想颇彻底，到头来还是这样掩掩遮遮的，多可羞，我不禁红着脸，不敢对她瞧了。

"这些事情，我早想对你讲，——你知道这个世界上，有同情心的人不多呢，尤其像你这样了解我的更少；所以我含辛茹苦的生活只有向你倾吐了。"

实在的，她的态度非常诚恳，但为了我自己的内疚，听了她的话，我更觉忸怩不安起来。我只握紧她的手，含着一包不知什么情绪的眼泪看着她。——这时冷月的清辉正射着她幽静的面容，她把目光注视在一丛纯白的玉簪花上，叹了一口气说：

"在我还是童年的时代，而我已经是只有一个弱小的妹子的孤儿了。这时候我同妹妹都寄养在叔父的家里，当我在初小毕业的那一年，我弱小的妹妹，也因为孤苦的哀伤而死于肺病。从此我更是天地间第一个孤零的生命了。但是叔父待我很亲切,使我能继续在高小及中学求学,直到我升入中学三年级的那一年,叔父为了一位父执的介绍将我许婚给一个大学生,——他年轻老实,家里也还有几个钱,这在叔父和堂兄们的眼里当然是一段美满的姻缘。结婚时我仅仅十七岁。但是不幸,我生就是个性顽强的孩子,嫁了这样一个人人说好的夫婿,而偏感到刻骨的苦痛。婚后十几天,我已决心要同他离异,可是说良心话,他待我真好,爱惜我像一只驯柔的小鸟,因此他忽视了我独立的人格。我穿一件衣服,甚至走一步路都要受他的干涉和保护,——确然只是出于爱的一念,这也许是很多女人所愿意的,可是我就深憾碰到了这样一位丈夫。他给了我很大的苦头吃,所以我们蜜月时期还没有完,便实行分居了。分居以后我的叔父和堂兄们曾毫不同情的诘责我;但是那又有什么效果?最后我毅然提出离婚的要求,经过了很久的麻烦,离婚到底成了事实。叔父和堂兄宣告和我脱离关系。唉,这是多么严重的局面!不过'个性'的威权,助我得了最后的胜利,我甘心开始过无告,但是独立的生活。

"我自幼喜欢艺术,那时更想把全生命寄托在艺上。于是我便提着简单的行装来到杭州艺术大学读书，在这一段艰辛的生活里，我可算是饱受到经济的压迫。我曾经两天不吃饭，有时弄到几个钱也只买一些番薯充充饥。这种不容易挣扎的岁月，我足足挨了两个多月。后来幸喜遇见了那位好心的女教授，她含泪安慰我，并且允许每月津贴我十块钱的生活费，嘱我努力艺术……这总算有了活路。

"那时候我天天作日记，我写我艰辛的生活，写我伤惨的怀抱，直到我和某君结婚后才不写了。前几天我收拾书箱把那日记翻来看了两页，我还禁不住要落泪，只恨我的文字不好，不能拿给世上同病的人看。……"

"不过真的艺术品是用不着人工雕饰的，我想你还是把它发表了吧！"

"不，暂且我不想发表它，因为自始至终都是些悲苦的哀调，那些爱热闹的人们不免要讥责我呢！"

"当然各人的口味不同，一种作品出版后很难博得人人的欢心。不过我以为在这个世界上究竟是欢乐的事情太少，那一个人的生命史上没有几页暗淡的呢？……将来我希望你能给我看看！"

她没有许可，也不曾拒绝，只是无言的叹了一口气。

那只小狗从老远的草堆中窜了出来，嗅着它主人的手似乎在安慰她。

"我真欢喜这只狗！"她说。

"是的，有的狗很灵……"

"这只狗就像一个聪明的小孩般的惹人爱，它懂得清洁，从来不在房里遗屎撒尿，适才你不是看见它跑到草堆里去吗？那就是去撒尿。……"

"原来这样乖！"

她不住用手抚摸小狗的背。我从来对于这些小生物不生好感，并且我最厌恶狗，每逢看见外国女人抱着一只大狼狗坐在汽车上我便有些讨厌。但今天为了她，我竟改了平日对狗的态度，好意的摸了它的头部，它真也知趣，两眼雪亮的望着我摆尾。

这时月光已移到院子正中来，时间已经不早了，几只青蛙在墙阴跳踉。她站起身整了整衣服道：

"我回去了，一两天再会吧！"

她的车子还等在门口，我送她上了车便折回来，走到院子里见了那如水的月光，散淡的花影恍若梦境。

六　一个沉默的人

我们正预备搬家——可是为了那新房子太大我有些胆小,正在踌躇难决的时候,忽听见扶梯旁马靴声橐橐,走上来一位年轻的武装同志。

"从营里来吗?近来忙些什么?"我问。

"也没有什么大不了的事,不过这两天特别糟,到处去找房子,都找不着!"

"找房子作什么?"

"昨天接到我太太的快信,就是这几天以内要到杭州来。"

"那好极了,省得你常常闹寂寞呵!"

"好是好,但嫌太忙了些,一时哪里去找个相当的房子?"

"就是你太太一个人来吗?"

"是的,就是她一个。"

"那么我们请她住到我们新房子里去好不好?"我问建说。

"也好,"建在思索后说,"不过不知道陈先生赞成不?"

"怎么，你们也要搬家吗？"

"对了，我们打算搬家，因为这地方太闹，简直不能写东西，并且天气热……"

"那么你们房子找到了没有呢？"

"找是找好了，只是房子太多，院子太大，我们单独住，我有些怕，倘使你来那就好了……并且可以借重你的武器壮壮胆！"

陈先生听了我这话，连忙笑道："只要你们不嫌弃的话，我们就来同住吧！……"

建和我应道："好，你们就来吧！"

陈先生虽然很年轻，但世故很深，他看见建有些踌躇的情形，他便自动的先把他太太的为人介绍我们。他说：

"我的太太是个中学生，年纪很轻，她顶不喜欢说话，人到是极老实的。"

"那么是沉默一流的人了，我最喜欢沉默的人，我觉得一个人能够沉默，多少都有些伟大不可及的地方。"

"你太过奖了！她只是不懂得什么的一个小孩子，那里说得到伟大。"

"呃，呃，你也不必过谦吧！……我们还是谈谈房子的问题……"建插言说。

"你们打算几时搬？"

"倘使我们商议妥当了，明后天就可以搬。"

"那么你们就定规后天搬，我的太太明天下午就可以到杭州，我想先住一夜旅馆，后天就到新房子去。"

"何必住旅馆，就一直到这里来，将就住一夜，后天就可以一同搬过去了。"

"那也好，只是又麻烦你们。"

"自家人何必那么客气？"

"好吧，我们就决定这么办吧，现在我还要回到营里去料理些事情，今天晚车到上海去接她，……再会吧！"

"好，再会！明天到了就来吧。"

陈先生匆匆的走了，建忙着整理他自己的书籍，我只怔怔的坐在沙发上，揣想那一位不爱说话的陈太太。

——一个中学生，年纪很轻，并且不爱说话，一定是一个深沉而温柔的人儿。这是多么可爱，以后搬到那幽雅的新房子里一定有许多值得人留恋的生活呢！……我这样想着日色渐渐下沉了，夜里躺在凉榻上时，心里还急切的盼望陈太太的来临。

第二天我一面整理衣服箱子，一面看手上的表已经下午五点钟了,我的心更加慌了。"怎么他们还不来?"我对建说。

"总会来的,你着什么急!"

"不是,我想看看那位陈太太。"

"真奇怪,你为什么那样喜欢看她!"

"没有什么理由,我只喜欢沉默的人。"

"沉默比一切都伟大——这是你的哲学是不是?"建有些和我开玩笑。

"真讨厌,什么哲学不哲学,你专门会讥讽人!"

建同我都不禁笑了。

"砰砰砰砰"后门打得山响。

"喂,来了,叶妈,叶妈快下去开门!"叶妈被我催得发了昏,把茶杯放在床上就忙忙跑下去开门。果然是他们来了,橐橐的马靴声和细碎的高跟皮鞋声间杂着直响到楼梯上,我放下手里的衣服迎到楼门口。陈先生笑嘻嘻的领着他的太太站在我的面前。他对他的太太说这位是"黄先生"!我对面的那位太太一声不响的向我鞠躬。我连忙还礼,请他们里面坐。陈先生在这样的炎热天气里还穿着老布的军装,背上被汗水打湿了一片,他便连忙脱衣服到浴室去洗脸了。陈太太真沉默,她静静的坐在一张藤椅上。

"陈太太才从火车上下来吧?"

"是!"她又不说话了。

"天气很热呢!"

"是!"

我剌剌不休的问东问西,她只应道"是",别的话再不多说一句,建向我看着笑,我装作看不见,侧转头去,也开始学沉默。不久陈先生从浴室回来了,建便和他计划明天搬家的事情。

吃晚饭了,我请陈太太到下面去,她也只应了一声:"哦!"这一来把欢喜说话的我,也变成哑子了。晚饭后天气还是非常热,我请陈太太出去湖滨走走,陈太太依然是沉默的,我们绕着微有波皱的湖水走了大半个圈子。建和陈先生并肩的谈笑着,我同沉默的陈太太跟在后面,还只是沉默着。

晚上的西湖,被浓雾盖住了青山,只见一片黝黑,一片苍茫,在这时候沉默似乎更有意义;我不住揣想沉默的陈太太这时脑子里织些什么剧景,也许她在听大自然的低语,或在看天末的神影……"到底沉默是伟大的!"我最后自己向自己下了这么个断语。

由湖滨回来时，我对陈太太说："今天你们很累了，早些休息吧！"

"是！"她还只是一个"是"字回答我。当我们回到房里时，我不禁对建赞叹道："陈太太真沉默。"建没有说什么，只是淡然一笑，我猜不透他的心事，大概又在笑我犯神经病吧！

第二天我绝早就起来了。八点钟，搬运汽车已经开到，我们忙着搬东西。陈太太站在院子里，依然沉默着，在一切喧嚣杂乱的空气中，我似乎更体会到沉默的意义，也更看重沉默的不平凡。搬到新房子的时候，已经十点多钟了，太阳的凶焰，逼得我头疼周身发软，这时候我真懒得开口，只怔怔的靠在还没有安置好的沙发上。建还没有来，他在料理交代房屋的事情。陈先生营里有公事不能久耽搁，他走后，偌大一所房子只有沉默的陈太太和我留在那里，叶妈还没有来，四境真是同死般的寂静。只有夏蝉拖着喑哑的鸣声穿过竹林，和小麻雀在葡萄架下面吱吱的叫。

中午时，建回来了，他为那些琐碎的事情麻烦得动了肝火，不住的向我唠叨。夏天人们的气分都不大好，我为了他的唠叨也就发起牢骚来。我们高声的谈讲着，

曼丽

而陈太太却默默无言的在收拾她自己的房屋。

搬了新家，有许多朋友不断的来看我们。所以客厅里差不多是每天都坐着客人，大家谈东说西，热闹非常。而陈太太总是默默的坐在沙发上，听那些客人们发狂论。她不答言，也并不露着厌烦，只是沉默的微笑。有时像是在沉思。有时客人来了，她便独自躲到院子里，坐在回廊的犄角上，无言的挥动着芭蕉扇。每天黄昏时，陈先生由营里办公回来，陈太太也只默默的随着陈先生回到房里。有时偶然也听见他俩低声的谈话，但是还是陈先生不断的说，而她只简单的回答。

"这真是一个怪人，我是头一次看到！"建对我说。

"对了，我也觉得她不平常，不过我不知道她的沉默是不是有意义的？"

"你也太神经过敏，世界上那里有几个伟大的沉默，我看她只是麻木罢了！"

"真是的，你怎么总是这样看不起人？"

"什么看不起人，你只要仔细的观察就明白了！"

"什么！你难道已观察到什么了吗？"

"你看昨天我们都在忙着别的事情，门铃那样响，她站在院子里，动都不动，这不是麻木吗？"建的话果然提醒了我,她的动作有时真像是麻木的。

"不管她,总而言之她是一个沉默的人罢了,至于沉默得是否有意义,那又是另一件事。"

"无意义的沉默就是麻木。"建还是不肯让步。

"算了,我不同你多辩。"

"本来用不着辩。"

我们的话有些不投机,最后我也只有沉默了!……

七 时先生的帽子

我们的客厅,有时很像法国的"沙龙"。常来拜访的客人有著作家,诗人,也有雄辩家,每天三四点钟的时候,总可以听见门上的电铃断续的响着。在这样的响声中,走进各式各类的客人,带着各式各类的情感同消息。——炎夏不宜于工作,有了这些破除沉闷空气的来宾总算不坏。

这一天恰巧是星期日,那么来的人就更多了。因为陈先生的缘故,也很有几个雄纠纠的武装同志光临。他们虽不谈文艺,但很有几个现代的军人,颇能欣赏文艺;这一来,谈话的趣味更浓厚了。

"我很想写一篇军人的生活。"我说。

曼丽

"嗄,说到军人的生活,真是又紧张又丰富的。我也觉得很有写的价值,只可惜我们没有艺术的训练!"一位高身材的上校说。

"喂,你们军队里收不收女兵?"我问。

"怎么?你想从军吗?……不过你的体格不够……前些日子有一位女同志曾再三要求到军队里来,最初当然不能通过;后来经过多方面的商榷,才允许让她来检察体格,但结果是失败了。而且她的身体真不坏,个子比你高得多呢!可是和男子比起来还是不行!"另一位脸上微有痘瘢的中尉说。

"这样看来,我是没有希望写军队生活一类的小说了。"我很扫兴的说。

"我看也不尽然,当兵你固然没有希望,但作看护妇是可以的。"陈先生说。

"好,将来你去打仗的时候,就收我作看护队队员吧!"

"你何必一定要写军队生活……我看你就替我的帽子作一篇小传吧!"时先生忽然举起他的陈旧的草帽向我笑着说。

"怎么,你的帽子有什么样历史吗?"

"唉，你们作文学的人，难道还观察不出我这帽子有点特别吗？"我听了这话，不禁把时先生的帽子拿来仔细的看了又看——帽子是细草编就的，花纹是四棱形，没有什么出奇处，但是颜色有些近于古铜，很明显的告诉我，这帽子所经过风吹日晒的日子至少在五年以上，再翻过帽子里来看，那就更不得了，黝黑的垢腻，把白色的布质完全掩盖住。

"呵，你从那个古物陈列所里买得这顶帽子？"我说。

"啥，哈，哈，哈，"时先生大笑道，"那也不至于就成了古物吧？你们文学家真会虚张声势；老实说吧，这帽子在我头上盘旋的时候，不多不少，整整六个年头。"

"你真太经济，一顶草帽竟戴上六个年头！"建说。

"不，我并不是经济，只是这顶帽子曾经伴着我，经过最甜和最苦的日子，所以我不忍弃了它。"

"哦，原来如此，那么请你的帽子说说它的汗马功劳吧！"我说。

"好吧，我来替它说，可是有一个条件：我说完你一定要替我写一写。"

"那也要看值不值写！"

"密司黄你就答应他，我晓得那里面一定有一段有趣的浪漫史，……"陈先生含笑说。

"既然如此我就答应你。……请你开始述说吧！"

那几位武装同志，都挺直着身子坐在旁边笑迷迷的等待时先生的陈述：

"自从我被命定成了一顶帽子，我就被陈列在上海大马路的一家铺子的玻璃橱里。在我的四周有很多的同伴，它们个个都争奇斗艳的在引诱过往的游人。果然有西装少年，长衫阔少，都停住脚，有的对它们看一看，便走开了。有的摸一摸也就放下了。有的像是对它们亲切些，把它们拿下来摸着看着最后放在头上试了试，但很少能终得人们的欢心，最后依然把它们放在橱里，毫不留恋的去了。我看了这个情形心里很悲哀，不知哪一天才有好主顾呢？正在这时候，只见从外面走进一个身穿夏布大褂的青年来，他站在橱旁把所有的同伴看了又看，试了又试，最后他竟看上了我，他欣然的把我戴在头上，从此我便跟着这位青年去了。

"第一次他把我带到他的家里，放在他的书桌上，他拿起一根香烟，燃了自来火吸着，他像是在沉思什么，不久他便拿出一张美丽的绿色信笺写了一封信给他的女友琼。他约她今晚在夏令配克看电影。我晓得今天晚上该我出风头了，我不禁喜欢的跳了起来，不小心几乎掉在地上，幸喜我的主人把我挡住，我才得安然无恙的伏在桌上。

"晚饭后我的主人一切都料理停当——皮鞋擦得雪亮，衣服穿得整整齐齐，又对着镜把头发梳了又梳，然后把我戴在头上，意气扬扬的出门去了。

"到电影场时他买了两张头等的入场券，看看时间还早，他便不忙到里面去，只在门口徘徊着。九点钟到了，来看电影的人接连不断往里走，但还没有看见那位琼女士的仙踪。眼看场里的电灯全熄了，那位琼女士才姗姗的来了。他们在电影场虽然没有谈说什么，可是我也知道主人很爱这位琼女士，因为主人常常侧转头向琼女士好意的注视着。从这一次后，我常常同着主人会琼女士在公园里、电影场，有时也在大菜间里。

"不久秋天到了，一阵阵的凉风吹着，主人便对我起了憎嫌，暂且把我放在帽盒里。在我们分别的一段时间中，我不能知道主人又经过些什么变化。

"第二年的夏天来时，我又恢复了和主人的亲切关系，但是主人那时候似乎遇见了什么不幸的事，他总不大出门，只在书房里呆坐着，有时还听见他低声的叹息。唉！究竟为了什么呢？我真怀疑，便镇天守着他，打算探出他的秘密。有一天夜里，全家的人都睡了。只有主人对着窗外的月儿出神。后来他从屉子里拿出一张如红色的片子来。……

某月某日某君和琼女士结婚。

"'呵，这就是了！'我不禁独自低语着：'怪不得主人那样不高兴呢，原来那位美丽的琼女士竟被别人占有了。'这时主人看着片子，竟至滴下泪来。多可怜那失恋的人儿。

"过了几天我看见主人收拾了书籍衣物，像是要长行的神气。'到哪里去呢？'我怀疑着：'为什么要离开自己的家乡呢？'可怜的主人近来更忧郁更憔悴了。

"在一天东方才有些发亮的时候，主人就起来，坐在什物杂乱的书案旁，在一张白色的信笺上写道：

'唉！我走了，走到天之涯地之角去，琼既然是不能给我幸福，我在这里只增加苦恼，反不如远去的好。幸福往往只给走运的人，我呢！正是爱情上失败的俘虏。……'

"主人写了这张不知给什么人的信，他将信压在砚石下就匆匆拿着简单的行李走了。从此我同着主人过飘流的生活，在南洋的小岛上整整住了三年，主人似乎把从前的伤心事渐渐淡忘了，今年便又回到这里……"

时先生陈述到这里便停住了，所有在坐的人们不禁望望时先生憔悴的面靥，同时也看看那顶值得留存的帽子，大家的心灵上，都微微觉得曾闪过一道黯淡的火花。

夜深了，这时来宾全兴尽告辞，时先生也怅然的拿着他的帽子，穿过那条长甬道去了。……

时代的牺牲者

悲哀似乎指示我一切了。对于它高深的意义，使我认识茫茫人世的归程，人生若不了解悲哀，至少是在醉梦的变态中，不然盛血般玫瑰汁的翡翠杯底，总藏着忧郁。鲜红的花朵是怎样使人可爱，但是它的脉络里，渗着一些杜鹃的赤血呢！世上的快乐事或容有诈伪藏在背面，只有真的悲哀，骨子里还是悲哀，所以一颗因悲哀而落的眼泪，是包含人生最高的情绪。

我一生最爱看罩着忧郁的丛林。虽然妙丽的春花，也曾引诱我向她凝眸，向她含笑；不过那种感受未免太粗糙了，仿佛头顶上撩过的行云，立即淡灭。只有悲哀，它是永驻于我灵宫的骄子，它往往在静夜里使我全部神经颤动，仿佛柔媚的歌声的音波，和缓而深长，虽也带着些压迫的痛苦，可是不因此而后悔，或逃避。

这几天凝滞的彤云，罩闭着丽日；萧瑟的悲风，鼓动着白杨——境地格外凄清，悲哀仿如潮水：

……

正是春雨淅沥的一个下午吧，美德很优雅的装束——为了下雨穿着一身银灰色的雨衣格外的好看了，她迈着轻盈的步伐，正从我办公室的窗下走过，仰头微笑，她说：

"今天的会开得成吗？"

"看看再说吧——到这时候只来了你我两个人！"

"不吧！我适才仿佛听见秀贞姊的声音呢，……秀贞你会过吗？……"

"哪一个叫秀贞？……是不是那一位体质很瘦弱差不多近四十岁的手工教员吗？"

"正是那一个，你觉得怎样？"

"不大清楚，好像很忠厚的样子。"

"她有一段悲哀的历史——到是一篇天成的小说呢！"

"本来人生就是一部小说，不过有的是平凡的，有的是奇峰突出的。"

"我想秀贞的悲哀史总可算得奇峰突出了，你想写吗？"

"看吧！如果我觉得灵机应许我，也许要写——"

"喂！那一个就是秀贞，我来替你介绍吧？"

我和美德都到回廊外面，和秀贞彼此点了点头，大

曼丽

家又同到办公室里来等开会,但是雨一阵紧一阵,打落了许多残瓣剩蕊,不过丁香仍旧喷着浓烈的芬芳。

"这天气今天这会又是开不成呢……五点半了,我们不要傻等……"

美德不久就走了,秀贞殷勤的留我吃晚饭,我们随便的谈着,但是我总不敢问她的悲哀史。

秀贞待人十分诚挚,同事们虽多,可是我总喜欢到她房里去闲话,她常常是很细心的招呼我,于是我们渐渐成了很好的朋友。

有一天,我绝早到了学校,本预备作一篇讲演稿,偏巧一只孤雁不住在那棵荔枝树上悲鸣着,我多感的灵海,立刻凄浪酸风,掀腾不止,要想勉强写一行都似乎不可能,没有法子,放下笔无聊赖的在回廊上来回的踱着,忽想到秀贞,不知不觉迈进那小小的月洞门,远远看见她的房门还掩着,姑且走近窗下听听动静——或者早已起来了。回廊上许多学生走过,她们仿佛很疑讶我来得特别早,有的含笑对我说:"先生真早呵!"我由不得再看手表,只不过七点半,是比较早些。"秀贞大约不曾起来吧!"我独自猜想着,已来到她的窗户根下。我轻轻敲了一下说:"秀贞姊,起来了吗?"却不见回答。我打算仍旧回到办公室去，正在这个时候，忽听"呀"的一声房门开了一线，又听见哽咽似的声音说："请进来，我以为是谁呢，想不到是你。"我推门进去，立刻感觉四境的异样：煤油灯的罩子，半截熏得漆黑，旁边一根点残的洋蜡烛，四围堆着蜡泪；蚊帐半垂着，叠着的棉被，只打开一半……"大约昨夜不曾好好的睡下罢？"秀贞听见我这样问她，脸上立刻变了颜色，手足抖颤着，嘴唇紧咬着，我赶紧握住她冰冷的两手说："什么事使你这样震惊？我想你还是镇静些吧，世界上的事不值得过于认真。"她两眼含着酸楚的泪水，向书桌上凝注着，一声也不响。我不由自己的，往书桌上一望，只见一封信——上面满了斑斑点点的泪痕，不用说总是秀贞的眼泪的湿迹。我将信拿在手里说："让我看看好吗？"她点了点头，那眼泪便随势落了下来。

母亲呵！亲爱的母亲，这夜是如此的寂静，没有一只夜莺低唱，也没有一个夜游的神的轻嗷，有的只是孩儿的心浪澎湃，同学们早已到了睡乡，雨后昏昏惨惨的月儿半窗，伴着孤寂的孩儿，但愿母亲不要对月思量，不然怕

曼丽

要看见你儿莹莹的眼泪。母亲！你已鳞伤样的心，又怎样担当！

是的，母亲！"茂儿是青年，是未曾开放的琼葩仙蕊，是包含着无限的生机，不应当常常说悲观话，不应当过于孤僻。"母亲，感谢你每封信都是如此的勉励我——并且孩儿也知道这时候母亲的心是怎样的凄酸！但是，母亲！孩儿在你的怀抱里时，已为母亲那一双含愁蓄泪的眼，种下了多悲善感的根苗。母亲呵！为了无义的父亲，糟践了你可贵的青春，失去了你的健康——成了失眠的病根——有时一夜不睡，第二天你还是要照样去上课，要照样的招呼你的孩儿，这种勉强支持怎么能长久。孩儿只要想到，便不由得心惊！母亲，为了你的不幸，孩儿感觉到世界的残苛，感觉到人类的偏私。母亲呵！你不要含泪强笑吧！不要顾虑孩儿，把头藏在被底偷哭吧。更不要对孩儿勉强说乐观的话吧！要知道母亲的心浪是和孩儿息息相通的啊！

——你的茂儿手禀

这一封书信写得十分恳切,不由得我为这不幸的母子垂泪,尤其是那青年的茂儿在孩提的童心中,已深印上忧郁的心影。然而秀贞不幸的遭遇的事实我并不曾明白,我因对秀贞说:"你把世事看平淡些,并且希望你当它是一篇绝高的文艺看吧!无论如何悲哀的遭遇,对你总不是无益的,至少你可以认识人类的背面,如果你肯告诉我,因此得到同情的共鸣,多少可减却拘滞的意味,而使它形成更大的悲哀,——最高的情绪。"

秀贞似乎很为我的话感动,她眼中放出慨激的奇光,决然道:"隐姊!我值得向你叙说。我相信你能理解不幸者的悲哀,但是不免加增我的伤感,并且不知从哪里说起,有几页关于这事实的记录,请你看看吧。"

"这也许比述说更能使你明白些。"于是秀贞从一个小箱子里,拿出一个小小的本子来,并且掀开递给我道:"以前的不必看吧,那是没什么关系的。你就从这一页看起好了!"我果然依她所指的地方看去。——

　　九月六日　昨天无意中得到道怀从上海打来的电报,知道他就要到家了,我们已经分别九年,不知道他近来身体怎样?……茂儿已经十三岁了,今年高小已经毕业。他听见这个消息,再看见这个聪明活泼的孩子,不知道怎样喜欢呢。感谢上帝!居然也有这一天,使我的道怀学成归来。九年来所受的孤凄和劳瘁的苦痛都有了代价。记得这九年中每逢风雨淅沥之夜,读古人词:"……而今寂寞人何处,脉脉泪沾衣,空房独守,风穿帘子,雨隔窗儿……"总好像是故意形容我,奚落我,常常不能终篇,便柔肠若绞,泪湿枕菌。

唉!到现在还有余哀呢!

九月八日　下午忙跑到招商码头,只见许多伕子三五成群的聚在趸船上,也有几个上等的男人女人,从他们凝望着飘渺海天的神情,知道他们也是来迎候远来的亲友的。但是这船还不曾拢岸,虽然隐约可以看见袅袅的白烟,和海云征逐,而船身仍看不到。约半个钟头以后,才看见那庞大的船身,蠕蠕然向河岸移动。船身靠岸还差一丈多远,而夫子们都争先恐后的向前拥进,不顾性命的往船上奔窜,这不过是为了生计问题哟!

乘客纷纷的下来了。道怀手里提着一个小小的皮包,从人群里向四处瞻望,我忙忙迎了上去。哦!彼此都有些异样了,记得他去国的时候,是个不曾留胡须的英武青年,现在虽然还是不曾留胡须,然而额上和眼角的皱纹增加许多。唉!岁月催人,我自然也不似初嫁时了!

我们一同回到家中,我仿佛有许多话,要向他说,但是他好像有什么心事似的,见了茂儿,只问了两句话,便怔怔的默坐着。"这大约是路上过于辛苦了。"我心里是这样的想着,于是我也不敢和他多说。第二天早上他匆匆出门去找朋友,午饭的时候他从外头回来,坐在靠窗的沙发上,凄然长叹着,我不由得心惊,正想问他有什么事情烦恼?忽听他哽咽的说道:"秀贞!你相信我对你的心吗?……我们虽然是父母作主定的婚姻,然而我们的爱情是不在那自由恋爱的以下。不过因为了前途的希望,和你竟一别九年,这九年中间,无时无刻不想念你,后来不幸因此而病,并且病得很重。

那时候精神是变态的，意外的遇合就发生了。但是，秀贞，你要相信我，我不曾忘记你！"

唉！这到底是什么结局？我的心不免颤跳了。原来世界上，只有女子是傻子！我为了他牺牲了宝贵的青春，并且为了他失了身体的康健，以为总是值得的。我实在不愿意问他："还有什么下文？"因为我仿佛看见幕后的惨剧了，但是残苛的人类——道怀何能例外！我们沉默了五分钟光景，道怀忽然流起泪来，他颤声说："秀贞！我知道是对不起你！不过你当原谅我一时的错误！……我虽然和那个外国看护妇结了婚，但是并不是出于我的意志作用，不过是一时诱惑。但是现在她知道我已经是娶过妻子的人，她要向我提起诉讼，并且要我赔偿损失。秀贞你是知道的，我哪里有钱？……并且重婚在外国有重大的罪名呢！我想来想去，世界上只有你一个人，能救我的命，……秀贞，我们的孩子，都已经这么大了，你忍心叫我进外国牢狱吗？……"唉！天呵！我原是怯弱的女子，我经不起人们的哀求，我的心完全乱了。我真不知道应当怎样办？但是与其使我为他憔悴而死，还是牺牲了我以成全他吧！我因问他道："你要想叫我怎么办？"他仿佛已经窥见我悬虚无主的心了，他嗫嚅着道："秀贞，你如答应我，那真是我救命的恩人，我终身不敢忘记。现在我想求你写一张离婚书给我，可是秀贞你不要惊讶，我和你绝对不会分离，这不过拿来抵御那外国女人的。我可以说：'我虽有妻，早已离婚了。'她看了离婚书，我所有的罪名便完全洗清了，然后我再和她断绝关系，这张离婚书便可付之一炬，我们仍然是恩爱夫妻。"我想来想去没有办法，只得照他的话作了，但是我还希望这只是一张对付外国人的假离婚书。他见我已经答应了，十分高兴的握着我的手说："你真是一个伟大的女性！"后来他告诉我两三天以后就要到上海去办这个交涉。他临去的时候，要求对于这事守秘密，我想这事也是不能轻易说出来的，因为是欺骗加欺骗的罪名，于道怀不大利，所以我决定不和一个人说。

曼丽

九月二十五日　道怀走后，只来了一封信，说他在上海了清外国女人的纠葛，还要到南京去，一时不得回来。但是我灵魂上，总仿佛罩着一个可怕的阴影。道怀这件事，总不能使我不怀疑！……在这新时代离婚和恋爱，都是很时髦的，着了魔的狂热的青年男女，一时恋爱了，一时又离婚了，算不得什么，富于固执感情的女子，本来只好作新时代的牺牲品，纵有不幸，谅不止一个秀贞吧！况且我又是个不出众的女人，不能替丈夫在台面上占光，也许是我多疑，不然道怀直截了当的提出离婚有什么不可？——我娘家也没什么台面上重要人，我想到这里心倒安了，每日依然过我的教员生涯，幸喜茂儿聪明勤读，使我安慰了！

十月十一日　今天天气十分和暖，没有冷肃的北风，仿佛初春的气候。想起秀玉有一个多月不见，饭后恰巧没有功课，我便决意去找她谈谈。她住的地方，是在乡村附近，树木非常繁茂，虽是初冬，但因南方气候和暖，还不见凋零气象。她门前两棵荔枝树,这时正照着微微西斜的太阳,闪闪的放光呢。我从她那满植红梅的院子走过时,仿佛已有暗香浮动,其实还不曾生蕊呢。她的屋子,陈设得十分古雅,这时她正坐在一张柔软的沙发上看书,见我进来,仿佛惊异似的站起来说:"想不到你此刻来,我正想去找你呢!你为什么和道怀离婚?""咦!奇怪,谁告诉你的?"我惊疑着向她追问这事情的真相。秀玉踌躇了些时说:"我给你一件东西看吧,不过你不要伤心,……这虽是你的不幸,然而正足使我们四千余年来屈服男性中心下的女子,受些打击,……并且使现在痴心崇拜自由恋爱的女子,饮一些醒酒汤,你的牺牲是有价值的呵!"说着她从抽屉里拿出一封信来,那字迹非常眼熟,仿佛是道怀的手笔,我心下便有些颤跳了,急忙看道:——

幼泉吾兄:

前所云林稚瑜女士事,不知已有眉目否?

弟归国后，亦筹思再三，在今日中国社会，欲思出人一头地，金钱势力最不可少，而弟之家世吾兄所深悉，正所谓"门衰祚薄"。至于拙荆外家情况，亦极萧条，卒使鹏飞有志，进身无术，而林女士家既富有，貌亦惊人，于弟前途，实有极大关系，且吾辈留学生，原应有一漂亮善于交际之内助，始可实现理想之新家庭，方称得起新人物。若弟昔日之黄脸婆，则偶实不类，弟一归国即与离异，今使君已无妇，苟蒙吾兄高义玉成，他日得志，不敢忘母千金之报。如何？希望惠我好音，临颖无任神驰。

弟道怀顿首

唉！我这才明白了，道怀原来是一个欺诈小人，我怯弱不能强制的热泪滴下来了。秀玉握住我的手道："秀贞！你为什么想不开，你既已和他离婚，足见你是个有觉悟的女人，你现在为了他要和别人结婚，你又伤什么心呵！"我知道秀玉她还蒙在鼓里，以为我们的离婚是彼此情愿的呢。我便把他欺骗的行为一一告诉了她。秀玉这才惊呼道："哎呀！好险诈的人心呵！我又长了一番见识。秀贞，你大概不明白他的用意吧。这种奸狠的男人，他一面想娶个有钱的女人，一面又怕离婚受金钱上的损失。他要正式提出和你离婚，他至少要拿几千块钱来吧！……现在倒真便宜，一个钱不用花，但是世界上应该还有比钱要紧的东西吧？可叹那正是一个学贯中西的留学生，比杀人放火的强盗，恐怕更不容易蒙天理的赦免吧！可惜林雅瑜是一个醉心自由恋爱的人……我想，秀贞！我们先要忘却个人的痛苦，为悲悯沉沦的妇女——快点想法救出林雅瑜呢！……我想你今天神经上受了大打击，你先回去休息休息。我哥哥和林雅瑜的哥哥是朋友，我和林雅瑜也有一面之缘，等我去阻止他们。"

我从秀玉那里回来后，不免把这事的经过，想了一想，觉得中国今日的社会实在太黑暗了！无知识的人们，不过是肉体的堕落，——他们是昏昏沉沉的受环境的支配——

这是坏环境害他们；自以为先觉的有知识的人，他们是灵魂的堕落，他们努力把中国社会弄成黑暗悲惨，……唉！我想到这里放声痛哭，我为不幸的中国哭了！

唉！连日总觉得大地的空气悲惨，气压十分紧迫，我仿佛被扼着咽喉，我竟没有方法出气。……前头的荒径，是满了荆棘，不能下脚；但是后面又是水火齐攻。天呵！现在除非将赤血来开辟道路了。荆棘使全体伤损，赤血满染着大地，使后来的人可以辨认这血迹，寻找他们应走的前途。……但是我是怯弱的，有多少血，能终不被黄土模糊了吗？！

十一月五日　今天的事情，在我的生命史上，要算是最光荣的一页了。午后我正在写信给茂儿，忽见两个人来找我——一个年约四十多岁的中年妇人，身段很高，面容很清秀，态度非常温和——一个年约二十左右的妙丽女郎，……面庞身段，都很像中年妇人，大约是母女两个。我正在打量揣度时，忽听见那妇人和声道:"请问先生姓李吗?"我点了点头道:"是的,请问夫人贵姓?"

"哦,贱姓林,这是我的女孩儿,我们是特来看李先生的。""有什么见教,请坐下谈罢!"那林氏母女这时脸上都露着怀疑的神色,后来那妇人说:"先生,请不要见怪,我要跟先生打听一件事,先生你认得张道怀先生吗?"

"哦,夫人,那正是我的丈夫,我们的孩子都已经十三岁了。夫人认得他吗?"

"啊!真造孽!先生这样有本事,又这样和气,他告诉我们他没有太太。幸而秀玉小姐告诉我们,不然我的女孩儿要上大当了。"林夫人说着话的时候,我偷眼看看林小姐,只见她面色惨白,两眼含泪。后来林夫人安慰她说:"瑜儿!你不要难过,幸而还没有结婚,像这样没有品性的男人,怎么配作我儿的丈夫!唉呀!罪过!李先生,请你不要见怪,我一时着急把话说大意了——其实……"

我听了这话,看了她们母女的神情,由不得鼓起我悲愤的情绪,我握住她们母女的手:

"林夫人！林小姐！你们是明白人，……张道怀这种欺诈势利的小人，我难道还护着他？夫人的话很对，他真不配作林小姐的丈夫！"林小姐长叹了一声道："李先生！我并不为不能和张道怀结婚伤心，我只恨我自己认错人。我本来是醉心自由恋爱的，——想不到差一点被自由恋爱断送了我！……张道怀他和先生十余年的夫妻，居然能下这样欺诈的狠心，那么他一向和我说什么高尚的志趣，和神圣的爱情，更是假的了。唉！李先生，我们是一样的不幸呵！"我听林小姐的话，仿佛已找到旅行沙漠的伴旅了，……不久她含泪和她母亲一齐走了。我的心不由得又悬虚了……四境冷清清的只充满着悲哀的细菌，不时的摧残我。

这几页的生命史，由纸上传到我的眼里，更由眼里传到我的灵宫，永远占据住了。

我离开秀贞不觉三个多月，我时常不放心，因为她在我灵宫中，留下了深刻的愁影，——屋里桌上的煤油灯，半截熏得漆黑，旁边一根烧残的洋蜡烛，四围堆着蜡泪，蚊帐半垂着，床上的棉被只打开一半……唉！她又是一夜不曾睡。她常常在被底偷哭。感情是不可理喻的，况且她原是太寂寞了！她的儿子离她几千里……除此以外她没有亲人。妇女运动现在剩了尾声，她眼前一线的曙光，早又被阴云遮蔽了。

千里外的秀贞呵！彤云越积越厚，悲风越吹越紧，电灯也觉得惨淡。

"唉！你诚然是时代的牺牲者，但是你不要忘了悲哀有更大的意义呵！"

一　幕

六月的天气，烦躁蒸郁，使人易于动怒；在那热闹的十字街头，车马行人，虽然不断的奔驰，而灵芬从公事房回来以后，觉得十分疲惫，对着那灼烈艳阳，懒散得抬不起头来。她把绿色的窗幔拉开，纱帘放下，屋子里顿觉绿影阴森，周围似乎松动了。于是她坐在案前的靠椅上，一壶香片，杨妈已泡好放在桌上，自壶嘴里喷出浓郁的馨香，灵芬轻轻的倒了一杯，慢慢的喝着，一边又拿起一支笔，敲着桌沿细细的思量：

——这真是社会的柱石，人间极滑稽的剧情之一幕，他有时装起绅士派头，神气倒也十足；他有时也自负是个有经验的教育家：微皱着一双浓眉，细拈着那两撇八字须，沉着眼神说起话来，语调十三分沉重。真有些神圣不可轻犯之势。

想到这里，她不由得好笑，——这又算什么呢？社会上装着玩的人真不少,可不知为什么一想便想到他!

　　灵芬坐在这寂静的书房里,不住发玄想,因为她正思一篇作品的结构。忽然一阵脚步声,把四围的寂静冲破了,跟着说话声,敲门声,一时并作。她急忙站了起来,开了门,迎面走进一个客人,正是四五年没见的智文。

　　"呵!你这屋子里别有幽趣,真有些文学的意味!"智文还是从前那种喜欢开玩笑。

　　"别拿人开心吧!"灵芬有些不好意思了,但她却接着说道:"真的!我一直喜欢文学,不过成功一个文学家的确不容易。"

　　"灵芬,我不是有意和你开心,你近为的努力实在有一部分的成功,如果长此不懈,作个文学家,也不是难事。"

　　"不见得吧!"灵芬似喜似疑的反诘了一句,自然她很希望智文给她一个确切的证实,但智文偏不提起这个岔,她只在书架上,翻阅最近几期的《小说月报》,彼此静默了几分钟,智文放下《小说月报》,转过脸问灵芬道:"现在你有工夫吗?"

　　"作什么……有事情吗?"

　　"没有什么事情,不过有人要见你,若有空最好去一趟。"

"谁要见我？"灵芬很怀疑的望着智文。

"就是那位有名的教育家徐伟先生。"

灵芬听见这徐伟要见她，不觉心里一动。心想那正是一个装模作样的虚伪极点的怪物。一面想着一面不由得说道："他吗？听说近来很阔呢！怎么想起来要见我这个小人物呢？你去不去，如果你去咱们就走一趟，我一个人就有点懒得去。"

智文笑道："你这个脾气还是这样！"

"自然不会改掉，并且也用不着改掉，……你到底陪我去不陪我去？"

"好吧！我就陪你走一趟吧！可是你不要太孤僻惯了，不要听了他的话不入耳，拿起脚就要走，那可是要得罪人的。"

"智文，放心吧！我纵是不受羁勒的天马，但到了这到处牢笼的人间，也只好咬着牙随缘了，况且我更犯不着得罪他。"

"既然这样，我们就去吧，时候已将近黄昏了。"

她们走出了阴森的书房，只见半天红霞，一抹残阳，已是黄昏时候。她们叫了两辆车子，直到徐伟先生门前停下。灵芬细打量这屋子：是前后两个院子，客厅

一　幕

在前院的南边，窗前有两棵大槐树。枝叶茂密，仿若翠屏，灵芬和智文进了客厅，一个三十多岁的男仆进来说："老爷请两位小姐进里边坐吧！"

灵芬和智文随着那男仆到了里头院子，徐伟先生已站在门口点头微笑招呼道："哦！灵芬好久不见了，你们请到这里坐。"灵芬来到徐伟先生的书房，只见迎面走出一个倩装的少妇，徐伟先生对那少妇说："这位是灵芬女士。"回头又对灵芬说："这就是内人。"

灵芬虽是点头，向那少妇招呼，心里不由得想到"这就是内人"一句话，自然她已早知道徐伟先生最近的浪漫史，他两鬓霜丝，虽似乎比从前少些，但依然是花白，至少五十岁了，可是不像，——仿佛上帝把青春的感奋都给了他一个，他比他的二十五岁的儿子，似乎还年青些，在他的书房里有许多相片，是他和他新夫人所拍的。若果照相馆的人知趣，不使那花白的头发显明的展露在人间，那真俨然是一对青春的情眷。

这时徐伟先生的胡须已经剃去了，这自然要比较显得年轻，可是额上的皱纹却深了许多，他坐在案前的太师椅上，道貌昂然，慢慢的对灵芬讲论中国时局，像煞很有经验，而且很觉得自己是时代的伟人。灵芬静静听着,他讲时,隐约听见有叹息的声音,好像是由对面房子里发出来,灵芬不由得心惊,很想立刻出去看看,但徐伟先生正长篇大论的说着,只是耐着性子听,但是她早已听不见徐伟先生究竟说些什么。

正在这时候,那个男仆进来说,有客要见徐伟先生,徐伟先生看了名片,急忙对那仆人说道:"快请客厅坐。"说着站了起来,对灵芬、智文说:"对不住,有朋友来找,我暂失陪!"徐伟先生匆匆到客厅去了。

徐伟先生的新夫人,到隔壁有事去,当灵芬、智文进来不久,她已走了,于是灵芬对智文说道:

"徐伟先生的旧夫人,是不是也住在这里?"

"是的,就住对面那一间房里。"

"我们去见见好吗?"

"可以的,但是徐伟先生,从来不愿意外人去见他的旧夫人呢!"

"这又是为了什么?"

"徐伟先生嫌她乡下气,不如他的新夫人漂亮。"

"前几年,我们不是常看见,徐伟先生同他的旧夫人游公园吗?"

"从前的事不用提了,有了汽车,谁还愿意坐马车呢?"

"你这话我真不懂!……女人不是货物呵!怎能爱就取,不爱就弃了?"

"这话真也难说!可是你不记得肖文的名语吗?制礼的是周公,不是周婆呵!"灵芬听到这里,不由得好笑,因道:"我们去看看她吧。"

智文点了点头,引着灵芬到了徐伟先生旧夫人的屋里,推门进去,只见一个四十多岁的妇人,手里抱着一个四五岁的小孩,愁眉深锁的坐在一张破藤椅上,房里的家具都露着灰暗的色彩,床上堆着许多浆洗的衣服,到处露着过时的痕迹。见了灵芬她们走进来,呆痴痴的站了起来让坐,那未语泪先咽的悲情,使人觉得弃妇的不幸!灵芬忍不住微叹,但一句话也说不出,还是智文说道:

"师母近来更憔悴了,到底要自己保重才是!"

师母握着智文的手道:"自然我为了儿女们,一直的挣扎着,不然我原是一个赘疣,活着究竟多余!"她很伤心的沉默着,但是又仿佛久积心头的悲愁,好容易遇到诉说的机会,错过了很可惜,她终竟惨然的微笑了。她说:

"你们都不是外人,我也不怕你们见笑,我常常怀疑女人老了,……被家务操劳,生育子女辛苦,以致毁灭了年青的丰韵,便该被丈夫厌弃。男人们纵是老得驼背弯腰,但也有美貌青春的女子嫁给他,这不是稀奇吗?……自然女人们,要靠男人吃饭,仿佛应该受他们的摆弄,可是天知道,女人真不是白吃男人的饭呢!

"你们自然很明白,徐伟先生当初很贫寒,我到他家里的时候,除了每月他教书赚二十几块钱以外,没有更多的财产,我深记得,生我们大儿子的时候,因为产里生病,请了两次外国医生诊治,花去了二十几块钱,这个月就闹了饥荒,徐先生终日在外头忙着,我觉得他很辛苦,心里过意不去,还不曾满了月子,我已扎挣着起来,白天奶着孩子,夜晚就作针线,本来用着一个老妈子侍候月子,我为减轻徐先生的负担,也把她辞退。这时候我又是妻子,又是母亲,又是佣人,一家子的重任,都担在我一人的肩上。我想着夫妻本有共同甘苦之谊,我虽是疲倦,但从没有因此怨恨过徐先生。而且家里依然收拾得干干净净,使他没有内顾之忧,很希望他努力事业,将来有个出头,那时自然苦尽甘来。……但谁晓得我的想头,完全错了。男人们看待妻子,仿佛是一副行头，阔了就要换行头，那从前替他作尽奴隶而得的报酬，就是我现在的样子，……正同一副不用的马鞍，仍在厩房里，没有人理会它呢！"

师母越说越伤心，眼泪滴湿了大襟，智文"哎"了一声道："师母看开些吧，在现代文明下的妇女，原没地方去讲理，但这绝不是长久的局面，将来必有一天久郁地层的火焰，直冲破大地呢！"

灵芬一直沉默着，不住将手绢的角儿，折了又折，仿佛万千的悲愤，都藉着她不住的折叠的努力，而发泄出来……

门外徐伟先生走路的声音，冲破了这深惨的空气，智文对灵芬示意，于是装着笑脸，迎着徐伟先生，仍旧回到书房。这时暮色已罩住了大地，微星已在云隙中闪烁，灵芬告辞了回来，智文也回去了。

灵芬到了家里，坐在绿色的灯光下，静静地回忆适才的事情，她想到世界真是一个耍百戏的戏场，想不到又有时新的戏文，真是有些不可思议，徐伟先生谁能说他不是社会柱石呢？他提倡男女平权，他主张男女同学，他更注重人道，但是不幸，竟在那里看见了这最悲惨的一幕！

乞 丐

太阳正晒在破庙的西墙角上,那是一座城隍庙。城隍的法身,本是金冠红袍,现在都剥落了。琉璃球的眼睛也只剩下一个,左边的眼窝成了一个深黑穴孔,两边的判官有的折了足,有的少了头。大殿的门墙都破得东歪西倒,只有右边厢房,还有屋顶,墙也比较完整。那是西城一带乞儿的旅馆,地下纵横铺着稻草。每到黄昏以后,乞儿们陆续的提着破铁罐,拿着打狗棒,抖抖索索的归来了。

西南角的草铺上,睡着一个三十多岁的男乞,从破铁罐里掏出两块贴饼子,大口的嚼着,芝麻的香气,充溢了这间厢房。

"老槐,你今天要了多少钱?……"睡在他对面的乞儿含笑的问。

他咽下满口的火烧,然后咂了咂嘴笑道:"嘿!老马！够兴头的，今天又是三十多吊！……你呢？"

"我吗？也对付！差两大子三十吊！"老马说完也得意的笑了，从袋里拿出两个窝窝头，和一块咸菜吃着，黄色玉米面的渣子落了一身。他慢慢拾起来放在嘴里，又就着铁罐子喝了两口水，打了个哈欠，对老槐道：

"喂！老槐！这营生你干了几年了？"

"几年？我算算看。"老槐凝神用手指头点了点道："整整四年咧！"老槐说完又叹了一口气道："别看干这个，虽说不体面，可是我老娘的棺材木却有着落了。去年我寄回老家整整五百块钱，我叫我爹置上十来亩地，买两个牲口，我瞎妈和老爹也就有得过了。"

"真是的，这比做小买卖，还强呢，你别看站岗的老龙穿着像是个样，……骨子里可吃了苦头了！昨日我听说他们又两个月没发饷啦！老龙急得没法儿……"老马感叹着说。

"可不是吗？……这个年头的事真没法说，你猜我怎么走上这条道……这几年我们老家不是闹水灾就是闹兵荒，……我们原是庄稼人，我和我爹种着五亩地，我妈我们三口儿也够吃的了。谁想那一年春夏之交发了大水，把一尺来高的麦子全都淹了！我们爷们儿没的过了，我妈天天哭，把双眼睛也哭瞎了，我爹又害病，我到处挪借，到底不是长法子。后来我爹想起我表兄在京里开杂货店，叫我奔了他找个小事作。于是又东拼西凑的弄了几块钱，作盘缠来到京里。唉！真倒运，找了三天，全城都找遍了，也没找着我表兄。摸摸兜里一个钱也没了，肚子又饿上来，晚上连住的地方也没有，我就蹲在一家墙角里过了一夜，幸好还是七月初的天气不冷，不然又冻又饿，还不要命？……天刚刚发亮，我就在马路上发怔，越想越没法儿，由不得痛哭。后来过来一个扫街的老头儿，他瞧着哭得怪伤心的，就走拢来问我怎么了。我就把我的苦处一五一十对他说了。……喂！老马！那老头儿倒好心眼，他说：'那么着吧！你就随我到区里去，我荐你作个扫街的吧。'我想了想，也实在没别的法子，就答应跟他去。到区里说妥了一天一毛钱，——这几天吃两顿窝窝头也就凑合吧！从第二天起，我每天早晨，天刚亮就到东大街扫街，晚半天还得往街上洒水。按说这种生活不能算劳苦，可是这会子东西真贵，一毛钱简直吃不饱。挨了两个月以后，谁想到区里又欠薪，连一天一毛钱，也不能按时拿到，这我可急了。有一天我只吃了一碗豆汁，那肚子饿得真受不了……我站在街角上,看见来往的车马如飞的驰过,那车影渐渐模糊起来,屋子象要倒塌似的,眼前金星乱飞,我不知什么时候竟饿死过去了。后来我不知怎么又活过来,四围站了许多人,一个警察站在旁边,皱着眉向那些看热闹的人道:'那个是积德的!多少周济点吧!'于是就听见铜子敲在石头上叮叮当当的响。一个卖豆汁的给我一碗豆汁,我就吃下去,以后精神好多了,扎挣着站了起来,向那人道了谢。我就拿着五吊多钱到小店里吃了一顿。口袋里又只剩下一吊来钱了,看看天又快黑下来,我想着这神气是再不能过了,厚着脸皮要饭去吧。第一天我就躲在小胡同里,看见穿得整齐的先生们太太们走过时,慢慢蹑到他们跟前:'可怜吧!赏一大花!'有的竟肯给,可是有的人理也不理的扬着脸走开,有的还瞪着眼骂'讨厌!……'可是老马!咱们也只能忍着,谁叫咱们命运不济呢!……"

"哼!老槐!什么命运不济的,只恨我们没能力,没胆量。你不用说别的,张老虎从前不也跟咱们似的,这会子人家竟置地买屋子阔着呢!"老槐听见老马这话,由不得叹了一口气道:"罢呀!张老虎虽是阔了,那孽也就造得不小,他把人家马寡妇的家当抢了来,听说他还把人家十七岁的姑娘给祸害了,这是什么德行!?……阔也是二五事,不定哪一天犯了事,叫他吃不了,兜着走……那样还不如咱们穷得舒心!"

"得了,老槐!咱们别谈论别人,你再接着说你的!"老马仰着身子睡在草铺上,对老槐说。

老槐果然又接着说下去道:"头一个月我也不知道我要了多少,反正除了我吃的还剩下四块钱,我赶忙托了个乡亲,带回家里去了。第二个月我要的更多了,而且脸皮也厚,大街上公馆门口都去……这会子每月好的时候,除了吃还能富裕二十多块钱呢,比干什么买卖不好!"

"正是这话了!这个年头哪有什么好事轮到咱们……老槐,再混两年在老家里置三四十亩地,你自然要回去,可是我是无家无业的呢!……"老马说到这里心里有些伤凄,老槐也似乎心里有点怅怅的,想到千里外的瞎妈和老了的爸爸再也提不起兴致了。

夜幕沉沉的垂于宇宙,这破庙里,只有星月的清光,永不见人间的灯火。这些被人间遗弃的乞儿,都渐渐进了睡乡,老槐和老马也都抱着凄怆的心情睡去了。

前　途

　　清晨的阳光，射在那株老梅树上时，一些疏条的淡影，正映在白纱的窗帷上，蒨芳两眼注视着被微风掀动的花影出神。一只黑底白花的肥猫，服贴的睡在她的脚边。四境都浸在幽默的氛围中，而蒨芳的内心正澎湃着汹涌的血潮，她十分不安定的在期待一个秘密的情人，但日影已悄悄斜过墙角了，而那位风貌蕴藉的少年还没有消息。她微微的移转头来，不禁打了一个冷战，"唉，倒霉鬼！"她恨恨的向地上唾了一口，同时站起来，把那书架上所摆着的一张照片往屉子里一塞，但当她将关上屉子的时候，似乎看见照片中她丈夫的眼睛，正冒火的瞪视她。

　　蒨芳脸色有些泛白，悄然的长叹一声，拼命的把屉子一推，回身倒在一张长沙发上，渐渐的她沉入幻梦似的回忆中：——三年前，在一个学校的寄宿舍里——正当

曼丽

暮春天气，黄昏的时候，同学们都下了课，在充满了花香的草坪上，暖风悄悄的掀起人们轻绸的夹衣，漾起层层的波浪在软媚的斜阳中。而人们的心海也一样的被春风吹皱了。同学们三五成群的，在读着一些使人沉醉的恋情绮语。

蒨芳那时也同几个知己的女友躲在盛开的海棠荫里，谈讲她美丽的幻想。当然她是一个美貌的摩登女儿，她心目中的可意郎君，至少也应有玉树临风的姿态——在许多的男同学中，她已看上了三个——一个是文科一年级的骆文，一个是法科二年级的王友松，还有一个是理科二年级的李志敏。这三个都是年轻貌美的摩登青年，都有雀屏入选的资格。其中尤以李志敏更使蒨芳倾心，他不但有一张傅粉何郎的脸，而且还是多才多艺的宋玉。跳舞场上和一切的交际所在不断他的踪影，时常看见他同蒨芳联翩的情影，同出同进。不过蒨芳应付的手段十分高明，她虽爱李志敏，同时也爱骆文和王友松，而且她能使他们三人间个个都只觉得自己是蒨芳唯一的心上人，但是他们三个人经济能力都非常薄弱。这是使茜不能决然委身的原因。

"怎么都是一些穷光蛋呀。"蒨芳时时发出这样的叹息。

这一天，蒨芳正同李志敏由跳舞场回来，忽然看见书案上放着一封家信，正是她哥哥给她的。这封信专为替她介绍一位异性的朋友叫申禾的。她擎着信笺，只见那几行神秘的黑字都变了一些小鬼，在向她折腰旋舞——他是一个留学生，而且家里也很有几个钱——蒨芳将这些会跳舞的神秘字到底捉住了，而且深深的钻进心坎里去。留学生的头衔很可以在国内耀武扬威，有钱——呀！有钱那就好了！我现在正需要一个有钱的朋友呢，……嫁了这样一个金龟婿，也不枉我蒨芳这一生了。她悄悄的笑着，傲耀着，桃色的前途，使她好像吃醉酒昏昏沉沉的倒在床上，织了许多美丽的幻想。

从此以后，她和申禾先生殷勤的通信，把一腔火热的情怀，织成绮丽的文字投向太平洋彼岸去。而那三个眼前的情人呢，她依然宝贝似的爱护着。同学们有些好管闲事的人，便把她的行为，作为谈论的资料。有些尽为她担着忧，而她是那样骄傲的看着她们冷笑。

"这算什么？多抓住几个男人，难道会吃亏吗？……活该倒霉，你们这一群傻瓜！"

每一次由美国开到的船上，必有申禾两三封又厚又

曼丽

重的情书递到蒨芳的手里。最近的一封信是报告他已得了硕士的学位，五六月间就可以回国了，并希望那时能快乐的聚首。蒨芳擎了这封信，跑到草坪上，和几个同学高兴的说道："我想他一回来就要履行婚约的。"

"一定别忘了请我们吃喜酒！"一个女朋友含笑说。

"当然，"她说，"不过不知道他究竟是怎么样的一个人？"

"多怪呀！你这个人，婚都定了，还在怀疑。"

"……管他呢，留学生，有钱，也就够了……"蒨芳说着，从草坪上跳了起来，拈着一朵海棠花，笑嘻嘻的跑了。

那一丛茂盛的海棠花，现在变成一簇簇的海棠果了。蒨芳独自站在树荫下，手攀着一根枝条，望着头顶的青天出神。"算归期就在这一两天呀！"她低声自语着。

六月十二日的清晨，蒨芳穿了一件新做好的妃红色的乔其纱的旗袍，头发卷成波浪式，满面笑容的走出学校门口，迎头正碰到王友松走来。

"早呵，蒨芳，我正想约你到公园去玩玩，多巧！……假使你也正是来找我那更妙了，怎么样，我们一同去吧？"

蒨芳倩然的媚笑了一下，道："友松，今天可有点对不起你，我因为要去看一看刚从美国回来的朋友，所以不能奉陪了！"

"哦，……那末下次再说吧！"友松怅然的说了。

"对了，下次再说吧！"蒨芳一面挥着手说，一面已走出学校门跳上一部黄包车。那车夫也好像荣任大元帅般威风凛凛，得意扬扬如飞的奔向前去。不久便到了"福禄寿"的门口。蒨芳下车走进去，只见那广大的食堂里，冷清清的没有一个客人，只有几个穿制服的茶役在那里低声的闲谈着。蒨芳向一个茶房问道："有一位申先生来了吗？"

"哦！是蒨芳女士吗？我就是申禾，请到这边坐吧！"一个身材矮小的男子从一个角落的茶座上迎上前来说。

蒨芳怔怔的站在那里，心想："原来这就是申禾呵！"她觉得头顶上好像压了千钧重的大石帽，心里似乎塞了一堆棉絮。"这样一个猥琐的男人，他竟会是我的未婚夫？一个留学生？很有钱？"她心里窃疑着。可是事实立刻明显的摆在她面前，她明明是同他定了婚，耀眼的金钻戒还在手上发着光，硕士的文凭也在她的面前摆着，至于说钱呢，这一年来他曾从美国寄给她三千块钱零用。唉，真见鬼，为什么他不是李志敏呢？

申禾自从见了蒨芳的面，一颗热烈的心，几乎从腔子里跃了出来，连忙走过来握住蒨芳的手，亲切的望着她。但是蒨芳用力的把手抽了回来，低头不语，神情非常冷淡。申禾连忙缩回手，红着脸，抖颤着问道："蒨芳，你有什么不舒服吗？……也许是因为天气太热，你吃点冰汽水吧？"

"不，我什么都不想吃，对不起，我想是受了暑，还是回学校去妥当些。"

"那末，我去喊一部车子来送你去吧。"

"也好吧！"

蒨芳依然一言不发的坐着等车子，申禾搓着手不时偷眼望着她。不久车子来了，申禾战兢兢的扶着她上了车，自己便坐在蒨芳的身旁，但是蒨芳连忙把身体往车角里退缩，把眼光投向马路上去。他们互相沉默了一些时候，车子已开到学校门口。这时蒨芳跑下车子，如一只飞鸟般，随着一阵香风去了。申禾怅然痴立，直到望不见她的背影时，才嘘了一口气回到旅馆里去。

蒨芳跑到寝室里，倒在床上便呜呜的哭起来，使得邻近房里的同学，都惊奇的围了来，几道怀疑的眼光齐向她身上投射。蒨芳哭了一阵后，愤然的逃出了众人的包围，向栉沐室去。那些同学们摸不着头脑，渐渐也就无趣的散了。蒨芳从栉沐室出来时，已收拾得满脸香艳。从新又换了一件白绸长袍，去找李志敏。但是不巧，李志敏已经出去了，只有王友松在那里。他们便漫步的走向学校外的草坪上去。

"今天天气不坏！"王友松两眼看着莹洁的云天说。

"对了，我们到曹家渡走走，吸些乡村的空气，好吧？……我似乎要气闷死了！"

友松回过头来，注视着蒨芳的脸说道："你今天的脸色太不平常了！"

"你倒是猜着了，"她说，"不过我不能向你公开！……"

友松默然的望着蒨芳，很久才说道："……我永远替你祝福！"

"呸，有什么福可祝，简直是见鬼！"蒨芳愤愤的叹着。

他们来到一架正在盛开的豆花前，一群蛱蝶，不住绕着蒨芳的头脸飞翔，蒨芳挥着手帕骂道："不知趣的东西，来缠什么呵！"

友松听了这话似乎有些刺耳，禁不住一阵血潮涌上两颊，低着头伴她一步步的前去。

日落了，郊外的树林梢头，罩了一层氤氲的薄雾，他们便掉转头回学校去。在路上蒨芳不时向天空呼气！

一个星期过去，蒨芳的哥哥从镇江来看她，并且替她择定了婚期，她默默不语的接受了。

在结婚的喜筵散后，新郎兴高采烈的回到屋里，只见新娘坐在沙发角上，用手帕儿擦着眼泪。

"蒨芳！你为什么伤心，难道对我有什么不满意吗？在这一生我愿作你忠实的仆从，只要你快乐！……"

"唉，不用说那些吧！我只恨从前不应当接受你的爱，——更不应当受你的帮助，现在我是为了已往的一切，卖了我的身体；但是我的灵魂，却不愿卖掉。你假使能允许我以后自由交朋友，我们姑且作个傀儡夫妻，不然的话，我今天就走。……"

"交朋友……"申禾踌躇了一下，便决然毅然的答道："好吧！我答应你！"

蒨芳就在这种离奇的局面下，解决了所有心的纠纷！在结婚后的三年中，她果然很自由的交着朋友，伴着情人，——这种背了丈夫约会情人的勾当，在她已经习惯成自然了。她这时不禁傲然的笑了一笑，忽然镜子里出现一个美貌丰姿的青年男人,她转过头来,娇痴痴的说:"怎么这样迟?"

"不是,我怕你的丈夫还不曾出去。"

"那要什么紧?"

"茜!你为什么不能同他离婚?"

"别忙,等有了三千块钱再说吧!并且暂时利用利用他也不坏!"

"哦!你为什么都要抓住,要钱要爱情,……一点都不肯牺牲!"

"我为什么要牺牲?女人除了凭借青春,抓住享乐,还有什么伟大的前途吗?"

"好奇怪的哲学!"

"你真是少见多怪,"她冷笑着说,"我们不要讲这些煞风景的话吧!你陪我出去吃午饭,昨天他领了薪水,我们今天有得开心了。"

"哦。"男人脸上陡然涌起一阵红潮,一种小小的低声从他心底响起道:"女人是一条毒蛇,柔媚阴险!"他被这种想象所困恼了,眼前所偎倚着千娇百媚的情人,现在幻成了一只庞大的蛇,口里吐出两根蜿蜒的毒丝,向他扑过来。他禁不住打了个冷战,向后退了几步,但是当她伸出手臂来抱他的时候，一切又都如常了。

他俩联翩的在马路上走着，各人憧憬着那不可知的前途。

亡　命

夜半听见藤萝架上沙沙的雨滴声，我曾掀开帐幔向窗外张望，藤萝叶子在黑暗里摆动，仿佛憧憧的鬼影。天容如墨，四境寂寥，心里有些悚然，连忙放下帐幔，翻身向里面睡，床头的挂钟滴答滴答响个不住。心绪如怒潮般的涌掀。从新翻转身来，窗外的雨滴声越发凄紧，依然睡不着。头部微微有些涨闷，眼睛发酸，心里头烦躁极了。只得起来，拧亮了电灯，枕旁有临时放的一本《三侠五义》，翻起来看了，但见一行行如黑点般的闪过，一点没有领会到书里的意思。

忽听门外有人走路的脚步声，心房由不得怦怦乱跳，莫非是来逮捕我的吗？今午庚曾告诉我：市党部有十五起人，告我是反革命，将要逮捕我，承庚的好意叫我出去躲一躲。这真仿佛青天里一个霹雳，不过我又仔细地想了一想，似乎像我这么一个微小的人儿，值不得加上这么一个尊严的罪名,所以我对庚说:"也许是人们开玩笑吧?我想不要紧,因为我从没有作过或种活动。……"

但是庚很诚挚的对我说:"现在正是一切都在摇动的时候,我看还是走一步好,只当出去玩一趟。"

我说:"也好吧!就出去走一趟……不过真冤!"

庚叹息道:"好汉不吃眼前亏,……况且熬到有被逮捕的资格也就不错。"

庚这种解嘲的话,使得我们都不自然的惨笑了。当时我就决定第二天早晨到天津去,夜里收拾了一个小藤箱,但是心乱如麻,不知带些什么东西才好,直弄到十二点钟才睡下,正朦胧间,就被雨点惊醒。

真是门外的声音,越来越大,还似乎有人在窃窃耳语。我这时连忙起来,悄悄的把小藤箱提在手里,只要听见打门,我就从后门逃到我舅舅家里去暂避,我按定乱跳的心,把耳朵向外静静的听着。过了些时,还没有人叫门,而且说话的声音似乎远了,我的心渐渐的平定了,吁了一口气,把小藤箱仍然放在地下,拧了电灯,打算再睡,可是东方已经发白了。要赶六点半的那一趟车,自然睡不成,因轻轻开了房门,把老妈子叫了起来，替我预备脸水，我一面洗脸，一面盘算，我到天津去住在什么地方呢？那里虽也有朋友，但是预先没有写信去通知他们，怎好贸然去搅扰人家？住旅馆？一个人孤孤凄凄……想到这里心绪更乱，怔怔的站了许久，这时候已五点半了。没有办法，到天津再说罢！提着藤箱无精打采的走吧！回头看见罗纱帐里小宝儿，正睡得浓酣，不忍去惊醒她，只悄悄在她额上吻了一吻，心里不由得一阵怅惘，虽然只是暂别，但是她醒来时不见了妈妈……今夜又不见妈妈回来，和她同睡，她弱小的灵魂，一定要受重大的打击了。我不禁流泪了，同时我诅咒人类的偏狭，在互相排挤的中间，不知发生多少悲惨的事实。唉！我真愤恨！不由得把藤箱向地下一摔，似乎这样一来，我也总算得了胜利：因为我至少也欺负死几个蚂蚁吧！

车子已经叫来了，我把藤箱放在车上，我年老的姑妈对于这严重亡命，更感觉得情形紧张，她握住我的手，含着眼泪说："这实在是想不到的祸事！但愿你此去平安……并且多方请人疏通，得早些回来！……家里的事我自替你料理，你尽管放心。……还有你自己一切起居饮食都要留心！……"我点了点头，要想说话觉得喉头哽咽,连忙跳上车子,不敢抬头向姑妈看,幸喜车夫已经拉起车子如飞的走了。这时候只有五点三刻,街上的行人很少,清凉寂静,我一夜不曾睡的困倦,这时都被晨气驱散了,脑子里种种思想,又都一幕一幕的涌出来。车子走到十字路口的时候,我忽然转了一念,亡命为什么一定要到天津去,北京地方大得很,谁又准知道我住在哪里?于是我决定无论如何我不离开北京,因告诉车夫,叫他拉我到西长安街去,不久我就在西长安街一家医院门口下车了。——这医院的院长,是我的乡亲,那里房屋很多,——我到医院里,因为时间尚早,我那乡亲还没有来,我只得在会客厅里等着。九点钟的时候,他才来了。我将一切情形和盘托出,请他借我一间房子暂住,从此我就充起病人来了!

这个医院,是临街的三层高楼,在楼上窗子里,可以看见大马路的车马奔驰,并且可以听见隆隆呜呜的车轮和汽笛声。我生性最怕热闹,因在西北角上,选了一间离街较远的屋子,但是推开后窗,依然可以看见大马路上的一切,并且这窗子是朝东的,早晨的太阳正耀人眼目的照射着。天气又非常闷热,我忙把这面窗关上,又加上黑色的帐幔,屋子里的光线立刻微弱了,心神的压迫也似乎轻松些。我坐在一张椅子上,看医院里的用人,替我换床上的褥单和枕头布,他走后我便睡下了。头顶上的白云一朵朵的向西北飘去,形状变化离奇:有时候像一头伏虎,有时像一条卧龙。……

我因昨夜失眠,今天精神极坏,本想在这隔绝一切的屋子里用一点功,或者写一篇稿子,谁知躺下后,就瘫软得无法起来。而且头昏目眩,似睡非睡地迷沉了一天,到夜晚的时候,街上的声音也比较少点,我起来把前后的窗门都开了。屋里的空气,立刻流通起来,一阵阵的温风,吹拂在我的脸上,神思清楚多了。仰头看见头顶上的天空,好像经海水洗过似的,非常碧清,在那上面缀着成千万万钻石般的星星,我在那繁星之中,找到其中最小的一个,代表我自己,但是同时我又觉得我不止那么一点。我虽然不愿意,但是这黑夜中最光芒,最惹人注意的一颗星……但是事实上,我也不是那最无光,最小的一颗,因为藏在井底的一群蛙,它们都张着阔口向我呱呱地叫,似乎说:"你防备着吧!我们都在注意你呢!……你虽然在千万的繁星之中,是最不足轻重的一个,但是我们不敢希冀那第一等的火星的地位,只要我们能取得你的地位,我们已经很够了!"……于是乎我明白了，在这种世界上，我应当由一颗最小而弱的星的地位，悄悄逃出，去作一朵轻巧的云，来去无心，到毫不着迹的时候，便是我得救的时候了。

这思想真太渺茫，不知不觉已走入梦境，梦中我觉得我已真是一朵轻巧的云了。我飘然停在半天空，下面是一片大海，这时一点风都没有，海面上的波纹，轻轻的漾着，清凉的月光，照在这波浪上，闪出奇异的银花，我正想低下（头）来，吻着那可爱的海的时候，忽然从海底跳出一条鳄鱼来，立时鼓起海浪，仿佛山崩地塌般的掀动，澎湃起来，我吓极了。幸喜我这时已是不着迹的行云了！我轻轻浮起，无心的歇在一座山上，那山上正开着五色灿烂的山花，一阵的清香，又引诱我要去和它们接近。忽砰的一声，一个猎人的枪弹，直射在树梢头，那股凶猛的烟焰，把我冲散了。渐渐不是白云了。睁眼一看，依然是个着迹的人类，无精打采地睡在病院的钢丝床上。嗐！我明白了！到如今我还只是一个着迹而微弱的人类哟！

我怅惘，我暗暗撕碎了不值一笑的雄心，我捣碎了希望的花蕊，眼前的一切，只是烦闷可怜！

马路上隆隆轧轧的车声，人声，又将我从天空拖到地狱似的人间,在这时候我没有办法安慰我自己,只想睡去,或者梦里,还有不可捉摸的乐园,任我休养我的沉疴。无奈辗转反侧,再也不能入梦。正在苦闷万分的时候,听见有人敲门,我应道:"谁?请进来吧!"门呀的一声开了,我的朋友莉走了进来,她一看见我的脸色,不禁惊叫道:"呵!隐,怎么你病了吧?……脸色青黄得好不怕人!"

"也许是要病了,但是我知道不是身体上的病,你知道我的心是伤上加伤……我如何支持得住呢?……"

"喉!何必呢?什么事看开点就好了,莫非你作了亡命,就使你这样伤心吗?……其实呢,这正足以骄傲,至少你是被人注意了,我们昨天和庚说笑话说你真熬出来,居然成了时代的大人物了。"

莉说完笑了笑,我呢,也只得报之以苦笑:"真的,我不明白,我为什么这样脆弱?常常觉得这个世界上的阴霾太浓重了,如果再压下去,我将要在浓重的阴霾下咽气了。"我这样对莉说。

莉听了我的话也不由得叹了一口气,一时竟想不出说什么话来安慰我才好,那神气彷徨得使我也不忍。我转过脸去,看着窗外,好久好久莉才找到一些话,一些

曼丽

使人咽着眼泪苦笑的话了。她说:"这年头可不就是那回事吗?咱们看戏吧,有的是呢,将来也许反叛又成英雄,……好好地挣扎着干吧!……"

"看吧……自然有的是灭裂破碎的悲剧呢!……不过我已经觉得倦了!……"实在的情形,我近来对于什么事,都觉得非常的无聊。在我心里最大的痛苦,是我猜不透人类的心,我所想望的光明,永远只是我自己的想望,不能在第二个人心里,掘出和我同样的想望。本来浅薄的人类,谁不愿意作个被人尊敬爱慕的英雄呢?于是不惜使千万人的枯骨,堆积起来,作成一个高台,将自己高高举起,使万众瞻仰。唉!我没有人们那种魄力,只有深藏在幽秘的芦苇里,听那些磷火悲切的伸诉,将我伤了又伤的心,从新一刀刀地宰割了。

今天莉也很不快活,大概是受了我的影响,我们在没话可说的时候,彼此只有对坐默视着,其实呢,我们的悲苦,早已充满了我们的心灵,但是我们不愿意说什么,为了这浅近的语言,实在形容不出我们心头的痛苦。黄昏将近了,莉替我掩上了西边的窗,因为斜阳正射在我的眼上。她走了,屋里格外冷寂,几次走下床来,想在露台上看一看,但是刚走到露台口时,心里一惊，又忙退了回来，仿佛街上来来往往的行人，都将不存善意的眼光投射着我，要拿我开心呢。我忙忙退回，坐在一张藤椅上，我真感到人们对我太冷酷了，我仿佛是孤岛上一只失群的羊，任我咩咩的喊破了喉咙，也没有一个人给我一个同情的应和，并且沿着孤岛的四围的怒浪正伸着巨爪，想伺隙将我拖下海去。

我心里又凄楚，又愤恨，为什么我永远是被摧残的呢？……但是我同时要咒诅我自己太无能了，既是没有人来同情你就该痛快的离开社会，去寻找较好的社会。现在呢，是又不满意这个社会，却又要留恋着这个社会，多么没出息呵，唉！好愚钝的人类！人们都在酣睡的时候，只有你一个人唱着神曲有什么用呢？你应当大胆敲响他们的门，使他们由恶梦中清醒，然后你的神曲唱得才有意义啊！

我想到这里，我不知不觉流起泪来，这眼泪有忏悔，有彻悟，还有惭愧，种种的意味呢！最后我感谢颠簸的命运，……这不值一笑的亡命，使我发现了应走的新道路。

我深切的祝福使人下次的亡命，要比这次有意义，便是绑到天桥吃枪子，也要值得。这一次真是太可耻了，简直不明白为什么要从家里逃出来，喓！天呵太滑稽了！

不知不觉在医院又过了一夜，外面一无消息，中午时莉又来看我，她笑道："没事了，回去吧！原来他们所以要逮捕你，是为了要你的地盘，现在你既经退出，他们也就不注意你的个人了，这正是匹夫无罪，怀璧其罪……"

在傍晚的时候，我收拾了桌上乱堆的书籍，从新提起我的小藤箱，惘然的走出医院的大门。我站在石阶上看来往不绝的行人，我好像和他们隔绝了许久。正在瞭望的时候，远远两个穿西装的青年，向我站的地方走来，举手含笑向我招呼道："隐！你上什么地方去？……昨天听人说你到天津去了呵！"

"是的。"我想接下去说今天才回来，但是脸上有些发热，莉又在旁边向我笑，我只得赶忙跳上洋车走了。到了家里，走进我那小别三天的屋子，有说不出来的一种情绪兜上心来……

恋　史

傍晚的时候，她们都聚拢在葡萄架下，东拉西扯的闲谈。今天早晨曾落过微雨，午后才放晴，云朵渐渐散尽了，青天一片，极目千里，靠西北边的天空，有一道彩桥似的长虹。风微微的吹着，葡萄叶子格外翠碧，真是清冷满目，景致幽雅极了。

她们谈些学校的近况，谈来谈去，都觉得平淡无奇，谁也鼓不起兴致来，小良忽然提议报告各个人初恋的历史。

这确是新颖的题目，惹得在座的人都眉开眼笑的期待着，——仿佛期待名角出台的情形。可是谁不愿意先说，你推我让的，最后仍是无结果。小良她是提议的人，理应她自己先说，可是她最是有名的小鬼头，当大家拥着她的时候，她两只眼不住的东瞧西看，远远的看见徽笙往这边走呢，她高声叫道："徽笙快来！"又回头轻轻对她们说："你们不要作声，我知道徽笙有很好的恋史，回头我们大家要求她说……"果然大家的注意点，立刻转到徽笙身上去。

"你们作什么呢？"徽笙含笑说。

"快来吧！我们知道你有很美妙的恋史，正预备请你来说给我们听呢，可巧你就来了！"她们一壁说一壁将徽笙围在坎心，然后大家都在四下里的石头上坐下了。

徽笙也就坐在一张小石桌上，看见大家都凝神息声的期待她的讲述呢。笑道："你们真要听恋史吗？……可是我说完了我的，你们亦得说你们的。"

"那是当然的。你就说你的吧？"竹韵挤着眼含笑说。

"好吧！我就说……这是一段很神秘的恋史呢！"徽笙说完，稍微顿了一顿，便开始讲述她的恋史了！

"大约是前年吧！在一个冬天的早晨，正降着鹅毛片似的大雪，我从家里到学校去，这一段路程比较得远，我坐在四面用篷布幔罩的车子里，不时听见呼呼的北风卷着雪片，打在车篷上，一阵阵作响。车夫拖着车子，踏着雪沙沙的前进。我觉得气闷极了。就从书包里拿出一本新买的杂志来，任意的翻翻，忽看到上面有几首恋歌，写得十分美丽：字里行间，充满了燃烧的热情，我由不得沉沉如醉，拿着那本书思想起来。

"我记得我念过一篇西洋小说——写一个贵夫人和一个诗人作邻居：她开了窗户，就可以看见那诗人所住的屋子。白天的时候，她不好意思去看，每到晚上，那位诗人就伏在他的书案上写诗，他的面影正好映在淡绿色的窗幔上，很直的鼻梁，倩笑似的嘴角，颀长的眉梢，蜷曲的头发，都很清楚的表现出来，那贵夫人就坐在墙角下的一张沙发上，尽量的欣赏，不知不觉心头暗暗生了爱苗，非常热烈的爱上那位诗人了。于是她背着她的丈夫，为那位诗人写了不少的恋歌，真仿佛但丁和比特丽斯的故事——那诗人始终没有知道这回事，虽有时偶然看见贵夫人，凭窗遥盼，但觉得她那一种尊严的神色，那里还敢存丝毫非分之想呢？

"有一天晚上，贵夫人依然开了那扇窗，坐在墙角的沙发上，等待那美丽的倩影，然而终至于杳无消息。贵夫人心里很感到怅惘，一夜失却心似的过了。第二天早晨，细细打听，才知道那位诗人已搬走了。贵夫人不禁哭了。

"我回想到这里。不知不觉又把那本杂志上的恋歌念了两遍。觉得这恋歌里的情节，和那篇小说差不多，并且情感似乎比较得更热烈些。我细看作者的署名是寒星——这个名字我似乎在别的杂志上，也曾见过，不知道他到底是男性还是女性，可是我知觉里总想她是女人。

"后来我到学校图书馆里，打算再找一两篇寒星的东西看，可是我因为功课太忙，也就没有看成。过了一个多月，有一天我同两个朋友，到陶然亭去看雪景，我们站在小山阜上，忽见远处有一个穿棕色呢西服的青年，低着头在一座新坟旁边徘徊：那是一座西式的坟茔。四面植着苍松翠柏，绿色枝叶上，满缀着银色雪花。那少年就倚在一株小松树旁，默默的站着，有时仰起头，对着那彤云凝闭的天空，仿佛在祷告似的。不禁惹起我们的好奇心来，不久那少年走了，我们就跑到那坟旁去看，只见坟前立着一座石碑，正面题着潄泉女士之墓，背面题着两句诗，旁边署名寒星——那诗句正是恋歌里择下来的。

"这时候我心里发生一种不可名言的情绪，似乎惊喜，又似乎悲凉，我怔怔的站在白雪地上。默想适才那个青年的行动，奇怪他的印象，竟是很深刻的印在我心膜上了。

"但是从那一次见面以后，又经过半年，我虽整天来往于十字街头,而总没有遇见他的机会。我曾暗暗打听他的来历,可惜朋友里没人认识他,我也只得算了。

"然而这莫名其妙的恋感,仍然逢到机会便向我侵击,我每次独自坐在院子里,听草虫唧唧的叫唤,或看清幽的月光的时候,他便上了我的心头。有时我散步在夜来香的花丛里,我更是如迷如醉的恋念着他——这样美妙的星光,温馨的气味,最适合情人低语密诉的环境;然而我是孤独着数遍星点,望穿了银河,他在那里?——又怎能使他知道我是在热烈的恋念着他?但是我又设想他若果真知道,这宇宙里,有一个女儿是真诚的爱着他,不知他心里作何感想?也许他因已有情人了,他要拒绝我的爱,那时我的痛苦必致不克支持,因之我又怕他知道我的心;还是不要戳破这个谜,让我独自参详吧?

"可是有一天——大约是四五月天气吧?风是温馨得使人迷醉,窗前满挂着紫色藤花,拂动着丝丝的柳条,情景是特别的美妙,精神也格外松散,热烈的情流,好像决了口的黄河,滔滔奔赴,心里一阵阵怅惘,如同失掉了什么东西般,——真正良辰美景奈何天,——最后我找到一张淡红色的花笺,写了一封不想投递的信:

曼丽

"'寒星！美妙的寒星！你曾经捣碎我青春的心。你曾经扰乱了我安甜的梦境！寒星啊！这宇宙里有了你，我将永远如饮酿醴般的迷醉了。这地界上有了你，我将被情感之火焚炙成了灰烬，我若再能看见你——就是一分钟也好，但是……'

"我的信只写到这里便不能再往下写了，将信看了两遍，叹着气把它又烧了。正在十分懊恼的时候，吟春来找我去逛公园，这时公园里，到处是开遍了锦绣灿烂的花，仿佛是艳装的美女。阵阵微风吹来各种温香，更使人懒洋洋抬不起头来。我们在两株海棠树下的铁椅上坐了。彼此沉默着，两眼不住的送往迎来，有时看见美丽的少女，我们也就与那些轻薄儿般品头评足的乱说取笑。

"远远来了两个少年，有一个穿着咖啡色的哔叽洋服。非常面熟，我陡然想起正是陶然亭畔曾经一面的那个寒星。——也就是我天天恋念的爱人，我的心不住的狂跳，两颊如火般的灼炙起来。吟春很诧异我的神态，她一直问我为什么。我如失了灵魂似的，怔怔望着从我们面前走过去寒星的背影，好久好久我才恢复了知觉，吟春说：'你到底有什么心事？何妨告诉我呢。'我想想这种神秘的恋史，不能随便告诉人，恐怕闹得对方知道了,究竟不好意思,所以我始终掩饰不肯对她说。当夜从公园回家以后,我独自怔怔的坐了一整晚,有时我流泪,有时我微笑,有时我愤恨,心绪复杂极了,我自己都不知是什么滋味!

"天气是渐渐热了。人本来就比平日懒倦,再加着心头焚着情感的火,更觉得无精打采,精神一天坏似一天。渐渐弄到爬不起来,请了医生来看说是忧思过甚,肝气不顺,——病相虽有些说着,可是他那里晓得这是心病,不是药品可以医治的呢?

"病里天天记日记,写上许多热情的伤感的话。每次写完了,心里好像是松快些,有时也写小诗,其中有一首我还记得是:

> 美妙神奇的碧火之焰,从它闪烁的火舌里毁灭了愁情,炙销了爱念;只有一点无力的残灰,任他沉于海底,飘到天心!唉!吾爱!可怜我没有勇气向你泄漏这秘密!
>
> 好吧!爱人!让我悄悄的迷醉,好像蔷薇醉于骄阳,永远沉默,永远美丽!
>
> 吾爱!我感谢你,在你深邃的眼瞳里,我

曼丽

认识了爱,了解了神秘!

吾爱!世界如果有多情的英雄,那英雄便是你!

吾爱!我愿变一只蝴蝶,飞到你的身边,我更愿变一阵清风,直扑向你的心里。

"我病后的第七天,吟春来看我,她送我一束白茶花,另外还替我带了新出版的杂志,我翻开第一页看见一行大字写道:'艺术家寒星逝世!'下面登着他的遗像,我如同失了魂似的怔住了。半天我才回过气来,我便伏在枕上痛哭。吟春似乎也猜到几分,她一面安慰我,一面追问我的经过,我不能再隐瞒了,就把这事情的原末,告诉她了。吟春虽觉得这段恋史太神秘了,然而她也觉得有些怅惘,怔了半天她没有说什么,临回去的时候她是叹着气。

"理想的情人,好像昙花一现即逝,我经过极痛苦之后,才渐渐清醒了,觉得这种迷恋,实在太无味。这样一想心倒宽了,病也渐渐好了。我的恋史也就算告一段落,不过还有一些余波,就是在我病好后的一天绝早,霞光正满布于东方的天空时,我曾作了一首哀悼的诗,并拿了一束鲜花,到陶然亭的鹦鹉坟畔的高坡上,祭奠了一番并且放怀痛哭了一次。于是这一段事实,便永远成了过去的历史了。"

徽笙述说完,在座的听众,虽然很满意。但同时大家心情也有点怅惘,东山上新月的淡光,照在她们的素颊上,更觉得黯淡,各人都惹起自己的心事,于是都悄悄的散了。

寂寞的葡萄架,依然悄悄站在月影下。

繁星满布了天空,一切都沉入夜的幽寂!

狂风里

"你为什么每次见我,都是不高兴呢?……既然这样不如……"

"不如怎样?……大约你近来有点讨厌我吧!"

"哼!……何苦来!"她没有再往下说,眼圈有点发红,她掉过脸看着窗外的秃柳条儿,在狂风里左右摆动,那黄色的飞沙打在玻璃上,发出沙沙的声音,凌碧小姐和她的朋友钟文只是沉默着,屋内屋外的空气都特别的紧张。

这是一间很精致的小卧房,正是凌碧小姐的香闺,随便的朋友是很不容易进来的,只有钟文来的时候,他可以得特别的优遇,坐在这温馨香闺中谈话,因此一般朋友有的羡慕钟文,有的忌恨他,最后他们起了猜疑,用他们最丰富的想像力,捏造许多关于他俩的恋爱事迹!在远道的朋友,听了这个消息,尽有写信来贺喜的，凌碧也曾知道这些谣言，但她并不觉得怎样刺心或是暗暗欢喜，她很冷静的对付这些谣言。

凌碧小姐是一个富于神经质，忧郁性的女子，但是她和一般朋友交际的时候，她很浪漫，她喜欢和任何男人女人笑谑，她的词锋常常可以压倒一屋子的人，使人们感觉得她有点辣，朋友们给她起了一个绰号叫辣子鸡——她可以使人辣得流泪，同时又使人觉得颇可亲近。

但是在一次，她赴朋友的宴会，她喝了不少的酒，她醉了，钟文雇了汽车送她回来，她流着泪对他诉说她掩饰的苦痛，她说："朋友！你们只看见我笑，只看见我疯，你们也曾知道，我是常常流泪的吗？"

哎！我对什么都是游戏，……爱情更是游戏，……

她越说越伤心，她竟呜咽的哭起来！

钟文是第一次接近女人，第一次看见和他没有关系的女人哭；他感到一种新趣味，他不知不觉挨近她坐着，从衣袋里掏出自己的手巾替她擦着眼泪，忽然一股兰麝的香气，冲进他的鼻观。他觉得心神有些摇摇无主，他更向她挨近，她懒慵慵的靠在汽车角落里，这时车走到一个胡同里，那街道高低不平，车颠簸得很厉害，把她从那角落里颠出来，她软得抬不起的头就枕在他的身上了。他伸出右臂来，轻轻的将她揽着，一股温香，从她的衣领那里透出来；他的心跳得更厉害了，悄悄的吻着她的头发，路旁的电灯如疏星般闪烁着，他竟恍惚如梦。但是不久车已停了，车夫开了车门，一股冰冷的寒气吹过来，凌碧小姐如同梦中醒来，看看自己睡在钟文的臂上，觉得太忘情，心里一阵狂跳，脸上觉得热烘烘的，只好装醉，歪歪斜斜的向里走；钟文怕她摔倒，连忙过来扶着她，一直送她到这所精致的卧房，才说了一声"再会！"然后含着甜蜜的迷醉走了。自从这一天以后，钟文便常常来找凌碧，并且是在这所精致卧房里会聚。

这一天下午的时候，天色忽然阴沉起来，不久就听到窗棂上的纸弗弗发发的响，院子里的枯树枝，也发出瑟瑟的悲声。凌碧小姐独自在房里闲坐，忽见钟文冒着狂风跑了进来，凌碧站起来笑道："怪道刮这么大的西北风，原来是要把你刮了来！"

钟文淡漠的笑了一笑，一声不响的坐在靠炉子的椅上，好像有满怀心事般。凌碧小姐很觉得奇怪，曾经几次为这事，两人几乎闹翻了脸！

他们沉默了好久，凌碧小姐才叹了一口气道："朋友是为了彼此安慰，才需要的，若果见面总是这么愁眉不展的，有什么意思呢？……与其这样还不如独自沉默着好！"

钟文抬头看了凌碧一眼，哎了一声道："叫我也真没话说，……自然我是抓不住你的心的。"

凌碧小姐听了这话，似乎受了什么感触，她觉得自己曾无心中作错了一件事，不应该向初次和女人接触的青年男人，讲到恋爱；因为她自己很清楚，她是不能很郑重的爱一个男人，她觉得爱情这个神秘的玩意，越玩得神秘越有劲——可是一个纯洁的青年男人，他是不懂得这秘密的，他爱上了一个女人，他就要使这个女人成为他的禁脔，不用说不许别人动一下，连看一眼，也是对他的精神有了大伤害的。老实说钟文是死心塌地的爱凌碧，凌碧也瞧着钟文很可爱，只可惜他俩的见解不同，因此在他们中间，常常有一层阴翳，使得他俩不见面时，却想见面，见了面却往往不欢而散。

今天他俩之间又有些不调协，凌碧小姐一时觉得自己对于钟文简直是一个罪人，把他的美满的爱情梦点破了，使他苦闷消沉，一时她又觉得钟文太跋扈了，使她失却许多自由，又觉得自己太不值。因此气愤愤的责备钟文。但是钟文一说到"她不爱他了",她又觉得伤心!

凌碧小姐含着眼泪说道:"你怎么到现在还不了解我呢?……我就是这么一个奇怪的女人,我并非不需要爱,但我不是时时刻刻都需要它,我最喜欢有淡雾的早晨,我隔着淡雾看朝阳,我隔着淡雾看美丽的荼蘼花,在那时我整个的心,都充满着欢喜,我的精神是异常的活跃。唉!钟文这话我不只说过一次,为什么你总不相信我呵!"

钟文依然现着很忧疑的样子,对于凌碧小姐的话似解似不解,——其实呢,他是似信似不信,他总觉得凌碧小姐另外还爱着别的男人。

其实凌碧小姐除钟文以外虽然还爱过许多男人,玩弄过许多男人,但是自从认识钟文以后,她倒是只爱他呢,不过钟文是第一次尝到爱,自然滋味特别浓,也特别认真;而凌碧小姐,因为从爱中认识了许多虚伪和其他的滑稽事迹,她对于神圣的爱存了玩视的心,她总不肯钻在自己织就的情网里,但是事实也不尽然,她有时比什么人都迷醉,不过她的迷醉比别人醒得快而剪绝,她竟能有放下屠刀立地成佛的本领。

钟文永远为抓不住她心而烦恼!这时他听了凌碧小

姐似可信似不可信的话，他有点支不住了，他低下头，悄悄的用手帕拭泪。凌碧小姐望着他叹了一口气，彼此又都沉默了。

窗外的风好像飞马奔腾，好像惊涛骇浪，天色变成昏黄，口鼻间时时嗅到土味，吃到灰尘；凌碧小姐走到窗前，将窗幔放下来，屋子里立刻昏暗，对面不见人，后来开了电灯，钟文的眼睛有点发红，凌碧小姐不由得走近身旁，抚着他的肩说道：

"不要难过吧！……我永远爱你！"

钟文似乎不相信，摇头说道："你不用骗我吧！……但是我相信我永远爱你！"

"哦！钟文！你这话才是骗我的！……我瞧你近来真变了，你从前比现在待我好的多，因为从前总没有见你和我生过气——现在不然了，你总是像不高兴我。"凌碧小姐一面似笑非笑的瞧着他，钟文"咳！"了一声也由不得笑了，紧紧的握住凌碧小姐的手说道："你真够利害的！"

"我！我就算利害了？……你真是个小雏儿，你还没遇见那利害的女人呢！"凌碧小姐回答说。

"自然！我是比较少接近女人，不过对于女人那种操纵人的手段，我也算领教了！"钟文说着，不住对凌碧小姐挤眼笑,凌碧小姐忽然变了面容,一种忧疑悲愤的表情,使得钟文震惊了。他不知不觉松了手,怔怔的望着凌碧发呆。停了些时,凌碧小姐深深的叹了一口气道:

"钟文……我在你心目中,不知还是个什么狐狸精,或是魔鬼吧!"

钟文知道自己把话说错了,真不知怎样才好!急得脸色发青,在屋里踱来踱去。

凌碧小姐也触动心事,想着人生真没多大意思,谁对谁也不能以真心相见;整天口袋中藏着各种面具,时刻变换着敷衍对付。觉得自己这样掩饰挣扎,茫茫大地就没有一个人了解,真是太伤惨了!她想到这里也由不得悄悄落泪。

这时狂风已渐渐住了,钟文拿起帽子,一声不响的走了。

凌碧小姐望着他的后影,点头叹道:"又是不欢而散!"

破 灭

"唉！不幸的事情终竟发生了吗？悔因！"她的女友纯根靠在一张摇椅上望着那清瘦的女郎悔因说。她立时发觉在那女郎的脸上有一种深刻悲怨的表情，她几乎是失了支持的能力，眼圈红润着，嘴唇不住的颤动，似乎所有悲凉的调子，都在那颤动中传布于全宇宙刺入人心的最深处。她也不自觉的感到两颊的筋肉起了一阵的痉挛，一股凄酸，从心底透到颜面上来。

悔因在极度难过之后，她叹了一口长气，面色更加严肃了，但是她是得到最后的胜利了，她把懦弱的泪液完全深深咽到肚子里，她淡然的看了纯根一眼道：

"在这个世界上每一秒钟，都有不幸的事情发生呵！纯根！"她不自然的苦笑，现露出更深的悲哀，眼泪已经打湿睫毛，她低下头注视着灰色洋灰地，她逃避她目光的激射。

"悔因！不要太损伤你自己，你定定心，把这件事情的经过告诉我，如果你要哭你就痛快哭一场吧！暗愁是最能销磨人的精力的……悔因！我用极纯正的友谊，帮助你挣脱这个苦海，如果是你愿意的话。"

她抬起泪光莹莹的双眼望着纯根，她的嘴唇仍然不停止的颤动，但是她没有说出一个字来！

"唉！悔因！你是太悲伤了哟！你简直失了常态……安定你的心吧……来！坐到这边来，好好告诉我你的经过。"纯根把悔因拉过来坐在自己的身旁，用极温柔的眼光看着她，好像一个热情的姐姐对于她的妹妹般的抚慰着她。

"悔因！说吧！说这一件事情是怎么个始末……"

悔因的头靠在纯根温暖的怀里深深的叹了一口气道：

"纯根！这也是很平常的一件事实！……不过我现在才这样想，当这事情才发生的时候，我是惊震悲伤得几乎失了魂魄……悔因你想吧！在这个世界上，我没有父母爱慰，没有亲族的关照，我是孤独得好像沙漠里的一只孤雁……你想在这样空虚寂寞的途程上，我怎能和一个幸福的少女般对于她们的生命的忠诚呢？你知道一个人若认为自己没有前程的时候，那对于她可怜的灵魂是怎样的伤害呢！唉！纯根！……我常常认为我是被幸福世界所摒弃的人——按理我不能更继续我这太辛酸的生命，不过纯根！我为追求一个美丽的幻影，我的生命维系到现在，虽然那幻影是一朵云，时刻在变化，那幻影又是一阵风，永远在流动，然而她有一个美丽的轮廓时时在诱惑我，因之我去追寻我去探索，在极辛苦的途程上，我还能挣扎也无非是这幻影给我的勇气。

"唉！纯根！你当然知道两年以前我是追逐着，一个什么样的幻影——那是一个雄壮激昂的英雄的希冀，——同时也可能说是如耶稣降生专门为人们牺牲而来的一种伟大精神，这自然也是一个有迷醉力的幻影，我追逐它，但是天知道，不久我就看出这个幻影的破绽，在这个世纪，英雄耶稣都是傻子作的，不然就是虚伪者骗人的把戏！

"唉！纯根太可怜，到这时候我是太空虚了，因之我变了态度，我想从苦闷的压迫下逃亡——而逃亡唯一的方法就是毫不顾忌的浪漫，不幸！人类太浅薄了，当然也许我的行为在这个世界里是值得伪君子惊奇的，不过这都不算什么，最伤心的是我无意中伤害了一个青年，这件事情大概你也知道——他是一个忠诚而自爱的青年，他为了同情我，百般的爱护我，希冀我走到人生平坦的大道去，在从前我正追逐着第一个幻影的时候，我也曾安定一时，后来我渐渐感觉得前途的阻难太多，如果我走到人生平坦大道时，我大约已经被辗碎于这荆棘的过渡上，而且我不知从哪里看出人生平坦的大道只有死时候可以得到，因之我不愿受眼前不能耐的磨折，而且我也不希望在人间有悠久的逗留，在这短促的生命里，我希冀热闹些——因为只有热闹可以遗失我自己，纯根！这时候呵！我变了态度，我要疯狂，我要浪漫，我要用毒酒醉死我自己，自然同时我是蹂躏我自己！……"悔因说到这里她的头更加俯下去，一股热湿的泪液滴在纯根的手上，心是弹着凄苦哀怨的调子。纯根用惊奇悲楚的眼波激射着她，但是她不知道用什么话来安慰她，彼此沉默着，四境也都静悄无声，只有微弱的嘘唏和抽搐声，作了这世纪唯一的音乐。

"哦，悔因！原谅我！你已经这样伤心了。我本不应该再来刺激你，不过我相信我是对你太关心了。所以我希望你镇定些，说完这一段故事……你所说的青年，自然就是冲翳了。……昨天我曾在一个朋友家里遇见他，神气十分冷淡，他对于你的奇幻的态度，自然很够伤心了,我想你应当求他的谅解,……悔因,不要哭吧!告诉我你所有的隐衷吧!"

"哎!……纯根!我为什么一定要希求人们的谅解,我为生活的苦难,我是迷离错乱,有的时候我自己都不明白我自己,为什么我一定要造作一个生命的假统一来欺骗任何人呢!

"我的生命本来是破碎的,就是偶尔放光,那也是偶然的事,绝不能因为这偶然的光,就能断定我整个的生命是在发光,同时,也不能因为我偶然的晦暗,就推定我永远不再放光的呵!亲爱的纯根,当我承受冲翳诘难时的难堪,我实在不能形容,呵!他那含着愤怒而卑视的眼光,向我激射时,我竟至失了知觉,他用极理智的话,责备我的放浪——并且他认为这是我欺骗他,唉!纯根!他竟要求我用利刃刺死他,可怜,我哪里有这样的念头,我怯弱得连端起毒酒放在我自己的嘴唇时我都不禁发抖,我那里有杀人的勇气。在我对他辩白我的苦衷的时候,他是用残酷的冷笑报复我,唉!纯根!这时候我是这世界万恶汇集的'矢的'呵!我那里还有胆子说什么,我只有两手捧住我将要炸裂的头痛哭呵!

"这一天他是愤恼填膺的离开了我。"

"然则！你们，就这样完了吗？"

"唉纯根！幻影是一个破灭一个跟着又生来，不然这世界就没有一个不解脱的人了！……纯根！你相信吧！我们将追逐着这幻影直到走进我们的坟墓的时候呢！"

"唉！悔因！这话真未免叫人听着太难过了！"

"纯根！请你原谅我！你是幸福的宠儿，你只开着你头一重的心门，那里面是充满着完美与和谐，今天对不住，我是敲了你第二重的心门了，但是请你相信，我并不是为了妒忌，故意去打碎你美丽的幻影，唉！纯根，请你原谅，我也是无意中的伤害呵！"

悔因说完，站了起来，向门外走去，一个悲凉瘦弱的影子，渐渐消失于丛林里了！